「ヴィクトリア殿下。
商船の曳《えい》航《こう》準備が
完了しました」
第六皇女殿
黒騎士様の花嫁様
4
翠川稜
illustration 赤井てら
Dairokukoujodenka ha
Kurokishisama no
Hanayomesama

スプーンをエリザベートに渡す。
「これは……」

「……だめだ。黒騎士様、固まってる」

INTRODUCTION

皇女が伝染病に?

第六皇女ヴィクトリアと黒騎士《くろきし》アレクシスが
治める辺境領シュワルツ・レーヴェは、
秋の収穫祭の時期を迎えていた。
ヴィクトリアは、お忍びで訪れていた
第一皇女エリザベートやハルトマン伯爵と
楽しいひとときを過ごす。
ところがある日、ヴィクトリアは全身を激痛に襲われ、
倒れてしまう。
「痛いっ！　痛い――っ！　身体がっ、全身っ……!」
痛みで呼吸もままならなくなり、泣き叫ぶ。
「くろきし……さま……わたし……しんじゃうのかな……?」
まさか伝染病に?
ヴィクトリアはアレクシスに感染させてしまうことを心配し、
部屋を出るように言う。
苦しみの中で、互いを案じる二人。
しかしヴィクトリアを襲う激痛の理由は
別のところにあった。

距離を置いた二人の運命は?
感動の再会シーンを見逃さないで!

「ヒルダ姉上！」
ヴィクトリアがヒルデガルドに走り寄る。

メルヒオールは
マルグリッドを横抱きにして
抱き上げた。

「……ようこそ、
シャルロッテ姉上……」

「黒騎士様、わかる？」
ヴィクトリアが叫ぶようにそう尋ねた。
アレクシスが抱き留めたのは、絶世の美少女。

第六皇女殿下は黒騎士様の花嫁様 4

翠川 稜

ヒーロー文庫

第六皇女殿下は黒騎士様の花嫁様
Dairokukoujodenka ha Kurokishisama no Hanayomesama
4
illustration / 赤井てら

CONTENTS

イラスト／赤井てら
装丁・本文デザイン／5GAS DESIGN STUDIO
校正／福島典子（東京出版サービスセンター）
DTP／伊大知桂子（主婦の友社）

この物語は、小説投稿サイト「小説家になろう」で
発表された同名作品に、書籍化にあたって
大幅に加筆修正を加えたフィクションです。
実在の人物・団体等とは関係ありません。

一話　黒騎士《くろきし》様のお父様からの苗

リーデルシュタイン帝国は夏を迎えていた。

夏は、社交シーズンを終えた貴族たちが、帝都から自領に戻る時期である。とりわけ裕福な貴族は自領に戻りがてら、近隣の土地に物見遊山と洒落《しゃれ》込むことも多い。

今回の社交シーズンの折、第六皇女ヴィクトリア殿下が帝国の「黒騎士」アレクシス伯に降嫁《こうか》されるとの発表があった。

第一皇女であるエリザベートが皇帝より私領を拝領し、あっという間に発展させた実績は貴族たちの知るところであり、社交界の夜会やサロンでは、第三皇女殿下マルグリッドが、このように話していた。

「妹のヴィクトリアは一番上のお姉様の影響を強く受けています。妹のいる新領地の開発は着々と進んでいる様子なので、わたくしも訪ねてみようと思っています」

エリザベート殿下の辣腕《らつわん》ぶりを知る貴族たちや、マルグリッド殿下の話を聞いた者たちは、そのヴィクトリア殿下の新領地に興味を持ったようだ。

「あの小さな皇女が頑張っていられる新領地を、自領に戻りがてら一度覗《のぞ》いてみよう」

そんなわけで、新領地シュワルツ・レーヴェは観光地として注目を集め始めていた。

「緊張します。明日は黒騎士様のお父様とお母様がいらっしゃるんですもの」

執務室のデスクに座ったヴィクトリアは、頬杖《ほおづえ》をついて大きなため息をつく。

「コルネリアやアメリアたちがいてくれるから、今まで奥向きのことはしてきませんでしたが、結婚するのですから、そういったことも姉上や母上に教えてもらっておけばよかった……どうしようー！」

その見た目通りの子供らしい仕草でデスクの書類の上に腕を広げると、書類がバサバサっと散った。

執事のセバスチャンは眉間に皺《しわ》を寄せたまま目を伏せていたが、散らばった書類を集め始めた。

普通の令嬢ならば、婚約、結婚が決まれば、むしろ奥向きの方面に力を入れる。いまごろそんなことに気が付くのかと、内心でセバスチャンは思う。

しかし、デスクに向かって政務を執っているこの小さな第六皇女殿下には、普通の括《くく》りは当てはまらないことを納得していた。

それなのにヴィクトリア本人は、どうおもてなししようかとか、食事は何をお出ししたらいいかとか、ぶつぶつ呟《つぶや》いている。

「殿下、私の両親にそれほど気を使っていただくことはないかと」

だいたいが、身分が違う。アレクシスは由緒ある旧家といっていい伯爵家の出自ではあるが、この目の前にいるヴィクトリアはこの国の皇族なのだ。

アレクシスがそう言うと、ヴィクトリアはキリッとした表情でアレクシスを見上げる。

「何をおっしゃるのですか、黒騎士様のご両親ですよ、わたしの未来のお父様とお母様ですよ！」

小さな両手で、パンパンとデスクを叩《たた》く。そんなにデスクの天板を叩いたら、ご自身の小さな手が痛いのではないだろうかと、この場にいる誰もが思った。

「マルグリッド姉上にそういう時の心得とかをお手紙でお尋ねしたのですが、黒騎士様と同じように、あまり気を使いすぎない方が、というお返事しか来ませんでした。マルグリッド姉上は遊びに来てくださるのですが、それは黒騎士様のお父様とお母様がお見えになった後になるそうです。直接ご相談したかったのになあ……わーもーどうしよー！」

デスクに設置された手紙用の転移魔法陣を使っていたのは、領地についての質問をしていただけではなかったのかと、アレクシスは思い当たった。

この街の状況を見れば、ヴィクトリアが内々の家政までは執り行えないのは一目瞭然だ。アレクシスも父親から一度爵位を譲られたものの、本人は軍の高官になり、領地経営に触れてこなかった。そんなアレクシスにこのような街が作れるはずがなく、代わりにヴイクトリアがそれを成しえたと、両親もわかるだろう。

「そんなに緊張しなくても大丈夫です。殿下」

「え〜」

「この街をここまで造り上げたのが私だなどとは、両親も思わないでしょう。エリザベート殿下をお招きした時のようになさってください」

「閣下のおっしゃる通りです姫様、もうお休みになってください」

　ヴィクトリアが手に持っている羽ペンを一振りすると、書類がふわっと浮き上がり、デスクの上にまとめられていく。セバスチャンが手にしている書類も魔法によってデスクへと吸い寄せられるように舞い、重ねられていった。

　ヴィクトリアはしぶしぶ机から離れて執務室を出る。

　いつものように、侍女のアメリアとアレクシスがヴィクトリアを自室まで送り届けるために付き従う。

「殿下はなんでもご自身でなさろうとするのはいいのですが……周囲をもっと頼られてもよろしいかと」

　アレクシスの言葉に、ヴィクトリアは彼を見上げる。

「コルネリアは殿下の意図を汲《く》んで別館の客室を整えてくれるでしょう。私の両親をもてなすためなら、元伯爵夫人としてのコルネリアの経験値を信用されては？」

元貴族であるコルネリアは、幼少の頃から爵位はあれど実家の経済状況はあまりよくなく、皇城に女官として出仕していたことがある。あのアイゼン伯爵と結婚後、夫が家の経済を立て直してくれたらしく、その時はなんとか普通の伯爵家にふさわしい体裁を保てたようだ。

そんなコルネリアが現在仕える相手は、帝国の第六皇女ヴィクトリアと、その許嫁《いいなずけ》第七師団長のアレクシスだ。ヴィクトリアは姉エリザベートの影響を強く受け、アレクシスも性格的に華美なものを好まないため、インテリアなどもシンプルだが上質なものをセンス良く配していた。

この領主館の執務室も、どちらかといえば、軍の庁舎の執務室に近いインテリアだ。第七師団の軍旗とシュワルツ・レーヴェの領旗が掲げられ、デスクや椅子、ソファやテーブルなども、実用性重視であつらえられ、華美な装飾はない。ただ、この執務室を使用するヴィクトリアのための肌触りのいいクッションは、コルネリアのお手製だ。

そんな室内を見渡せば、許嫁の両親を迎える客室の準備は、自分が動くよりもコルネリアに任せた方が万事うまくいく気がするヴィクトリアだった。

「それはそうなんですが……気持ち的に……」

はあっとため息をつくヴィクトリア。

「アメリアならわかってくれるわよね⁉　未来のお父様やお母様に、少しでも良く見られたいっていう気持ち！」

くるっとアメリアを振り返って彼女を見つめると、アメリアは表情を変えることなくヴィクトリアを見つめ返す。

「……アメリアは……あんまり自分の家族にいい印象はなかったし、無理か……」

「はい。姫様の側仕《そばづか》えとして姫様がお引き立てくださらなかったら、家族に下女同様に扱われていたので、今の方がおとぎ話のハッピーエンドのような状態です」

アメリアの言葉に、アレクシスはこの侍女殿も謎と言えば謎だと思った。

皇族の姫の専属侍女ともなれば、それなりの家柄の出の令嬢が任命されるはず。アメリアの家名が上位貴族の中に該当しないことは、アレクシスも知っていた。それを尋ねると、ヴィクトリアはその経緯を簡単に説明する。

「アメリアはね、グローリア姉上のお輿《こし》入《い》れの道中で停泊した家にいて、気に入ったから来てもらったのです」

アメリアは下級貴族の出自で、実母が亡くなった後、父親は後妻と連れ子のいいなりで、アメリア自身は下女のように扱われていた。

それを見たヴィクトリアが「父上、あの子をわたしの侍女として同行させたい」と、皇女の中で一番可愛がられている末姫様らしいわがままを炸裂《さくれつ》させて、連れてきたという。

その恩があってヴィクトリアによく仕え、専属侍女の地位を手に入れたのだから、このアメリアもなかなか有能であるのは確かだ。

「普通の家族のことはわかりませんが、これから嫁がれる姫様が、閣下のご両親からよく思われたいお気持ちはお察しいたします」

アメリアは僅かに苦笑を浮かべる。

「姫様。大丈夫ですよ。この街を見れば、どなたも感心されるはずです」

アメリアの言葉を聞いても、ヴィクトリアはいつものような明るい表情を見せなかった。

アレクシスはそんな不安そうなヴィクトリアの前に回り込んで、両手を広げてしゃがみ込んだ。

小さな子供を抱き上げようとする仕草だ。最近はヴィクトリアを片腕で抱き上げて、部屋まで送ってくれるのだ。

いつもならば彼女は無邪気にアレクシスの腕に飛び込むところなのだが、今日の彼女は違っていた。笑顔でアレクシスに抱きつくまで、一瞬の間があった。

でも結局、彼女はえいっとばかり、アレクシスの胸に甘えるように飛び込んで言う。

「黒騎士様は、わたしがこの姿だから、きっとこうして抱っこしてくださるのよね？　わたしがちゃんと十六歳の姿でしたら、こうして抱き上げてはくださいませんよね？」

「……」

抱き上げられたヴィクトリアの菫《すみれ》色の瞳に、アレクシスの顔が映る。

胸に飛び込むまでの一瞬の間にヴィクトリアが思ったことを、口に出した。

アレクシスはその言葉にどう返せばいいか考え込む。確かにヴィクトリアが普通の十六歳になった姿は、アレクシスが想像できる範囲を超える。

だが、アレクシスはヴィクトリアが幼く見えて庇護《ひご》欲《よく》をかきたてられるから、抱き上げて部屋まで送っているわけではないのだが、今それをあえて言う必要もないと思い、そのままヴィクトリアの言葉に耳を傾けていた。

「わたしが、姉上たちたちみたいに綺麗《きれい》にならなくても、抱っこしてくださいますか？」

ヴィクトリアが子供のような姿だからこそ、アレクシスは安心して彼女に接している節がある。それはアレクシス自身も自覚している。

ヴィクトリアはそんなアレクシスの気持ちを見透かすように、大きくなっても今と同じように自分に接してほしいと思うのだ。

「……はい」

アレクシスがそう答えるとヴィクトリアは嬉《うれ》しそうに笑って、アレクシスの首にギュっと腕を回した。

「遠路はるばるようこそお越しくださいました。お義父《とう》様、お義母《かあ》様」

アレクシスの両親がウィンター・ローゼの領主館に到着すると、ヴィクトリアはカーテシーをしてみせた。今日はコルネリアがリメイクしたいつものワンピースではなく、淡い色合いの普通の貴族の令嬢が身に着けるドレスでお出迎えをしている。

実は今朝、アメリアが支度を整えるためにヴィクトリアの私室を訪れたら、ヴィクトリアは当たり前のように、いつものお仕着せをリメイクしたワンピースを選ぼうとしていたので、慌てて止めたのだ。

「姫様、閣下のご両親であるフォルクヴァルツ卿《きょう》は伯爵ですよ、それなりの服装でお出迎えしてください」

「……そ、そうよね……でも……」

「でも？」

「コルネリアが作ってくれたこのワンピースだと、黒騎士様とお揃《そろ》いみたいで、仲良しアピールできるかも！　と思ったの……」

このワンピースがお気に入りの理由は何よりもそれだったかと、アメリアは思った。

「大丈夫です。ご婚約なさった当初に比べれば、姫様と閣下の距離は、ちゃんと近づいています」

アメリアはドレスルームに入ると、可愛らしいヴィクトリアに似合う色合いの服を取り出して、着付けを始める。

「なるだけ可愛らしい服をお召しの方が、ビアンカ様には受けがいいかと」

「お、お義母様《かあ》受け!? じゃ、じゃあアメリアが選んでくれたコレがいいのね？」

「自慢のご子息の婚約者は皇帝陛下の末姫様。帝都の噂《うわさ》通り、天使のような愛らしさ……このイメージを崩さない方がよろしいでしょう。息子は息子で可愛いものかもしれませんが、娘がいたら可愛く着飾らせたいと思う母親もいるかと」

「そういうものなのね、わたしは六人姉妹だから、そういう感覚はわからないの」

アメリアはうんうんと頷《うなず》いて、ヴィクトリアの支度を整え、今こうしてアレクシスの両親であるフォルクヴァルツ伯爵夫妻の前に立っている。

見た目はまだまだ幼いものの、この国の皇女らしい気品と愛くるしい笑顔に、アレクシスの両親は相好を崩しそうになるが、臣下として皇族の姫に対する礼をした。

その様子を見て、もっと気さくにしてくださってもいいのにとヴィクトリアは思う。しかしアレクシスの父親であるフリードも、母親であるビアンカも、内心は嬉《うれ》しくて仕方がなかった。

子供のような容姿をヴィクトリア自身が気にしているのは承知しているが、アレクシスの両親にしてみれば、その見た目は無条件で可愛いと思っている。そして婚約の挨拶を交わした際、ヴィクトリアを大事にしなさいとアレクシスに言ったら、「黒騎士様自身の命も大事にしてください」と彼女が発言したことは、ビアンカの心に残っている。

自分たちが社交シーズンの最後に帝都を離れる際にも、ハルトマン伯爵の力を借りて、お義父《とう》様の苗を辺境でも育てられるように改良しましょうと、アレクシスに提案したことも記憶にある。

彼女が言った「何もなければ、なんでもできる」ということが実践されているのを、この街を訪れた瞬間にフリードははっきりと感じた。


——こんなことがアレクシスにできるはずはない……。


皇帝が、工務省に自ら命じて辺境の街を一から作らせていたのは、北のこの土地に防衛の拠点を置くためだ。誰にこの領地を下賜するのかと思っていたが、まさか自分の息子がそれを拝領するとは想像していなかった。

防衛拠点にアレクシスを配するならば、もっとアレクシスの性格が出てもおかしくはない。新兵を鍛えたり訓練するだけの、殺風景な場所として作られただろう。

観光客を集めるための街を造るなど、アレクシスには無理な注文というものだ。

街門を馬車で抜けた時に視界に映ったメインストリートは整備され、リンゴの木が植えられている。商業地区も賑《にぎ》わいを見せていた。思っていたよりも観光客が多い。街路から見えるガラス張りの巨大な温室が観光名所として注目されているのか、そちらへ向かう馬車ともすれ違った。

　そして領主館も、領主の住まいである本館の他に、客を迎えるための別館が用意されている。

「お疲れでしょう、本館の浴室をお使いください、旅の疲れが取れますよ」

　アレクシスが早くに結婚していたら、こんな感じの娘がいてもおかしくはない。その愛らしさに、アレクシスの母親であるビアンカはメロメロだった。ヴィクトリアが皇女でなければ「ヴィクトリアちゃん、可愛い～！」と手放しで褒めちぎり、抱きしめていただろう。母親の表情や様子を見たアレクシスは、母はもしかしたら娘が欲しかったのかもしれないとも思った。

「ご無事にお着きで何よりでした」

　今回の訪問の随行員たちの前に、領主館の使用人のテオたちがやってきて、荷物を別館に運ぶのを手伝い、彼らを案内していく。

「道中、この街の手前で源泉らしきものを拝見しました、殿下が自ら掘削されたとか」

「そうです。この街の宿や住居区にも温泉を引いてみました。ゆくゆくはこの領地の村々にも温泉を引きたいと思っています」

　フリードの言葉に明るく答えるヴィクトリアは、サロンに義父母を案内し、アメリアにお茶を用意させた。茶葉はヴィクトリアの姉グローリアが嫁ぎ先から送ってきたものだが、シュワルツ・レーヴェ領のエセル村で採れたハチミツを添えた。

「甘いお茶がお好みならば、こちらのハチミツをお使いください。この領内の村で採れたハチミツです」

ヴィクトリアに薦められて、二人はお茶にハチミツを入れた。

「クセがなくてさらりとした甘みですね」

ビアンカの言葉に、ヴィクトリアはぱあっと表情を明るくする。

「以前から辺境領産の食材は有名でしたけれど、ハチミツは初めてです」

「冬の辺境領は雪に閉ざされてしまいますし、人口も多くはありませんが、領民たちが農業や畜産業を頑張っていて、このハチミツもその一つです」

アレクシスと共にこの辺境領シュワルツ・レーヴェの村を視察した時のことを、ヴィクトリアが二人に話していると、お湯の用意ができたとセバスチャンが伝える。

ビアンカは、まだまだヴィクトリアとの会話を楽しみたそうな様子だったので、フリードは先に湯殿に案内されていった。

ヴィクトリアは緊張した表情のままビアンカを見つめていたが、意を決したように切り出した。

「本当は、もっと館の奥向きのことをいろいろとやらなければならないのですが、わたしはどうもそういったことが苦手で……。実は今日もお義父《とう》様やお義母《かあ》様をお招きするにあたって、どうすればよろしいのか悩んでいたのですが……、至らないところがあれば、ご指導ください！」

そんなヴィクトリアを見て、ビアンカは微笑《ほほえ》む。

「殿下はこんなに先進的な街をお造りになられるのに、意外にも古風なお考えですね」

「だって……黒騎士様のお嫁さんになりたいんですもの……」

もじもじと小さな指を動かす仕草が可愛くて、ビアンカは口元を押さえて小さく笑う。

「奥向きのことなんて、信頼できる者にお任せしてしまえばよろしいのです。わたくしも主人にならって、館を離れて農地に出向くこともあります」

「お義母様《かあ》が自ら!?」

「はい。本来、フォルクヴァルツ伯爵領をアレクシスに譲ることにしておりましたので、のんびりと隠居暮らしをするつもりでしたから。殿下、ご心配ならばわたくしにこの素敵な館をご案内していただけますか？」

ヴィクトリアは顔をパッと明るくさせて立ち上がる。

「ぜひ！　それと、その、できればヴィクトリアとお呼びください。お泊まりになる別館からご案内します！」

ヴィクトリアが小さな手でビアンカの手を引いて、ゲスト専用として建てられた領主館別館を案内する。もちろんアレクシスも付き従う。

「ちなみに別館には、私も殿下もあまり足を踏み入れていません」

アレクシスの言葉に、ビアンカは自分の息子を振り返る。

「そうなの？」

「本館にある殿下のお気に入りのサンルームにも、殿下がこの領地にいらっしゃるまでは、私は足を踏み入れていませんでした」

「サンルーム大好きです。あとでご案内しますね！　わたしも別館は初探検です」

本館と別館を繋《つな》ぐ渡り廊下にさしかかると、ガラス張りのサンルームが見える。

「あれがサンルームです。温室と繋がってるんです」

「綺麗《きれい》ですね。光が反射して」

「室内もすごく素敵なんです。冬でも暖かく過ごせるように造ってもらいました」

別館の一階はサロンやホールになっていて、観光に来た貴族を招いてお茶会や夜会でおもてなしできるようにと設計されたものだ。

しかし、この領主館でヴィクトリア主催の夜会やお茶会などは、まだ開かれていない。

ヴィクトリアもアレクシスもこのサロンを見て、パーティーを開くよりも、第七師団の上層部や、工務省や他の省庁の役職の者を集めて会議をするのにちょうどいいかもしれないと思った。つくづく実務主義な二人である。

自分の母親に別館を案内するヴィクトリアを見ながら、娼館《しょうかん》の件で言い争いした時、この別館に逃げ込まれなくてよかったと改めてアレクシスは思った。部屋数が多くて捜せなかったかもしれない。

「本館とは、作りはそれほど変わらないようですが、ゲストルームが多いですね」

「それで失敗したと思って、工務省に依頼をかけてます」

「失敗？」

「この別館にも温泉を引こうと」

領主館を担当していた工務省のコンラートを筆頭に、関係者たちが「あー、しまったー」と呟《つぶや》いたという話は、工務省に出入りさせているテオから聞いている。

「ゲストルームにも浴室はありますが、せっかくなので大きなお風呂を、この別館にも設置した方がいいと思いました。国境の山脈が見えるので、景色は絶対にいいはず！　そんなわけで、まだまだこの領主館も改良していこうと思っています。ですが……こういった奥向きのことを侍女頭のコルネリアにすべて任せてしまっていて……お義母《かあ》様、何か入用なものとか、こうした方がいいとかご希望はありますか？」

「そんなに心配なさらなくても大丈夫ですよ。とても素敵です」

「よかったあ」

ビアンカは、ほっとしているヴィクトリアが微笑《ほほえ》ましかった。

「女性向けのゲストルームは、カーテンやリネンなども明るい色合いで揃《そろ》えておいでですし、男性向けのゲストルームは落ち着いた色合いだし」

「コルネリアのセンスがいいのです」

「彼女に任せておけば問題ないとお伝えしたはずですが」

ほうっと息をついて安堵《あんど》しているヴィクトリアに、アレクシスが言う。

「でも、やっぱりお招きした方のご意見を伺いたくて！　商業地区のホテルの客室も、皆さんのご意見を参考にすれば、観光でいらした貴族のお客様も満足度が違うはずですもの。この別館は何か足りない気がします」

ヴィクトリアの発言を耳にして、自分の夫フリードが言う「ヴィクトリア殿下の発想力はすごい」という一端を垣間《かいま》見《み》た気がした。

「姫様、フリード様がお風呂を終わられそうだと……」

アメリアがヴィクトリアに伝えると、ヴィクトリアは頷《うなず》く。

「じゃあ、本館のサンルームにご案内してくださいい。わたしたちもそこに向かいます。お義母様、本館に参りましょう」

別館の案内を終えて、本館のサンルームに入ると、すでにフリードがいた。

ガラスを通して光が入り、室内の植物を輝かせているサンルームに、ビアンカは感心する。ヴィクトリア自身がお気に入りという理由がわかった気がした。

「殿下、すばらしいお風呂でした」

フリードの前に置かれたグラスにヴィクトリアが指を触れると、ピキンと小さな音がして、グラスがすりガラスのような白い色になった。

「これぐらいの方が、美味《おい》しいと思います」

「？」

フリードがグラスの脚の部分を持つと、ひんやりとした温度が指に伝わる。たった今ヴィクトリアは、魔法でグラスに氷の幕を薄く張ったのだ。

「黒騎士様にも好評です」

セバスチャンが、遮光を考えて作られた色の濃いガラス瓶に手を沿え、黄金色のエールをグラスに注ぎ入れると、フリードの持つグラスの中に白い泡が盛り上がる。

「これはイセル村で作られたエールです。領内の各村ではエールを作っていますが、配合が違うのかそれぞれ味が違っていて美味しいんですって。黒騎士様をはじめ、第七師団の皆さんにも好評です。お義母《かあ》様もお風呂から上がったらぜひご賞味ください」

ヴィクトリアがアメリアに視線を向けると、アメリアは心得たようにビアンカを湯殿に案内していった。

「セバスチャンに選んでもらったのは、クセがなくてすっきりした味だそうです」

「はい、すごく爽やかな味わいのエールですな」

「黒騎士様は、麦芽をローストしたものがお好みなの。山脈近くのオルセ村のエールがお気に入りなんですって」

ちょこんと隣に座って、にこにことフリードを見上げるヴィクトリア。自分の息子の嫁というよりは娘、つまりフリードにとっては孫のようにしか見えない。

そんな容姿のヴィクトリアが呟《つぶや》く。

「エールの味が各村で違うというのは、観光業としても売りになります。わざわざ辺境の田舎に来て、これは、というものがたくさんあるのは強みですもの。ハルトマン伯爵領にも卸して、帝国に広めれば需要はありますよね。最初はお値段もお高めに設定して、村の人口が増加したところで、少しずつ値段を下げていく方法がいいかもしれないと考えています。貴族でない領民たちも気軽に楽しめるお値段にすると、きっと評判も上がるでしょ？　お義父《とう》様のご意見も参考にさせてください」

両親が来るまでは、どうおもてなししようとアレコレ思い悩んでいたらしいのに、結局はこの領地の食材を吟味してもらおうという算段に落ち着いたのかと、アレクシスは苦笑した。彼女らしいといえば彼女らしい。そんなアレクシスの様子を見て、ヴィクトリアは言っちゃダメという表情で彼を見つめる。

フリードは、アレクシスのことを出来のいい息子だと思っていたが、人に好かれることはあまりない少年時代だったように思う。

成人してからは、その仕事ぶりは評価されるものの、女性からはもちろん、同年代の貴族の青年たちからさえも遠巻きにされている印象が強かった。まだ若いのに一個師団を任され、部下はついたが、友人はあまりいないようだった。

同年代の友人といえば、士官学校で同期だった、豪商であるフォルストナー家の次男坊であるルーカスと、幼少期より交流のあったハルトマン伯爵ぐらいだろう。ただ、年上の同性にはなぜか人気があるようだ。婚約発表の時でもわかったことだが、軍の高官たちから、よく声をかけられていた。

ヴィクトリアは、ぴょんと椅子から立ち上がると小さなキャビネットから紙の束を取り出して、フリードの前にそっと置く。

「黒騎士様の領地をご案内できればと思ったのですが、この領地は広いし、お義父《とう》様たちもお疲れになってしまいますから、魔導具に映した映像を紙に転写したものをご用意しました。これをポストカードにして、温泉の宿の土産物屋に置こうと思っています。黒騎士様と一緒に領地の村を訪ねた時に収めたもので、こういう綺麗《きれい》な景色は皆さんに喜ばれるかなって」

「視察に行った時に撮影したものを、もう紙に転写したのですか？」

アレクシスもフリードの背後からその映像を眺め、ヴィクトリアに尋ねた。

「天然色ですが、これはどうやって？」

フリードが驚いてヴィクトリアに尋ねる。

「魔導具で撮影しました。映像を映す魔導具は本来魔石を球体にしたもの。素材は水晶球がより鮮明に映し出されると言われてましたが、お義父様の頃に比べて、魔導具の機能もデザインも改革されてると思います。これを撮影した魔導具は本来軍事用のものなんですって。視察の際に撮影した映像をお義父様たちにお見せしたかったので、わたしが魔法で直接転写したため、色彩もそのままです。大量に印刷をするなら、印刷機の機能がそこまで至っていないから、天然色にはなりません。でもこのポストカード作りも、領民のお仕事にしてもらいたいし」

「可愛いらしいですね」

フリードが子羊たちの写真を見て、そう感想をもらす。アルル村に視察に行った際の映像だった。子羊と戯れる自分が写ったカードを見て、その時のことを思い出す。

「殿下は動物がお好きなのですか？」

「はい、大好きです！　この羊たちは春に生まれたんですって。羊だけではなく子牛も可愛いし、視察の時には黒騎士様の愛馬に乗せてもらいました。黒騎士様の愛馬は他の軍馬よりも大きいですけど、黒騎士様にすごく慣れてます。わたしも一人で乗馬できるようになりたいです」

フリードがアレクシスを見上げる。皇女殿下が一人で乗馬などと、危険なことはさせるなと言いたいのだなと、アレクシスは思った。

そんな二人の様子を見たヴィクトリアは、フリードに言い募る。

「だって、エリザベート姉上もヒルデガルド姉上も乗馬ができます！　かっこいいんですよ！」

その二人が乗馬を嗜《たしな》むのは、貴族ならば誰もが知っている。

そしてそれを見た者たちが「つくづく、お二人が男子でないのが残念」と言い合うのも、フリードは耳にしたことがある。

「もちろん、乗馬中の黒騎士様もカッコイイんです！」

きゃー言っちゃったー、と小さく呟《つぶや》いて両手で口元を押さえる仕草が可愛くて、フリードは苦笑する。

息子の嫁としては幼すぎる容姿なのに、息子に対してちゃんと好感をもっていると口に出してはにかむ小さな姫を見て、フリードはどこか安心していた。婚約発表の時よりも、二人はなんでも話し合えているように見えた。

「ウィンター・ローゼの街門をくぐった時から、遠目でもはっきりとわかるこのガラスの館が気になっておりました。とても目立ちますから」

そう発言するフリードに、嬉《うれ》しそうな誇らしそうな表情を向けるヴィクトリア。

アレクシスの両親が到着した翌日、ヴィクトリアは二人をウィンター・ローゼの観光の要といえるクリスタル・パレスに案内した。

到着早々は旅の疲れもあるだろうと、領主館の大浴場でお風呂を堪能してもらって、夕食も各村の特産を薦めた。雑談の中から、フリードやビアンカの好みを把握したヴィクトリアはアメリアに命じ、二人の好きそうな夕食を用意させたのだ。

客をもてなすなどの奥向きのことを、ちゃんと使用人に指図できるヴィクトリア。本人が苦手と言うだけで、実際にはどうすればいいかはわかっているのだと、彼女を見てアレクシスは思う。

「わたしなどは、このガラス張りの外観がとても目立つので、もしかしてここが領主館なのかと思ったぐらいです」

ビアンカの言葉に、ヴィクトリアは照れたように笑う。

「ガラス張りの外観は、巨大温室としての役割を果たしてもらうためです。ガラス張りの家って素敵かもしれませんが、緊張しちゃいます」

ヴィクトリアとビアンカはくすくすと笑い合う。ヴィクトリアが先導して、二人を案内する。エントランスに入ると、その中央には噴水が設置されている。

前回エリザベートがお忍びで視察に来た時は、完成間近だった。その時はまだ噴水に水は引かれていなかったが、現在このクリスタル・パレスは公式にオープンしており、観光客を噴水が出迎えてくれる。

ここの内装は、工務省のデザイン部に所属するカスパルが、三パターンほどデザインを作成し、ヴィクトリアとアレクシスの意向を尋ねて決めたものだ。

さすがに本職だけあって、複数のデザインを作成するのもお手のものだった。その彼が作成したデザインの中から、エントランスの中央に噴水を造るデザインを、ヴィクトリアは迷わず選択した。噴水があれば、待ち合わせ場所の目印としても好都合だろうと考えたのだ。

「やっぱり観光業主体だから、目を奪うものがあるのがいいと思うの。『みなさんようこそ～』って感じがしませんか？　あと、光の反射が綺麗《きれい》だと思うの！　女の子はキラキラが好き！　絶対！」

アレクシスは、ヴィクトリアが両手を大きく広げて説得する様子を思い出していた。

「なあに、アレクシスどうしたの？」

「いえ、何も」

この表情の乏しい息子が、思い出し笑いするとは……。笑いといっても微笑程度のものだが、ビアンカはそんな表情を浮かべること自体を珍しく思った。

温室の中にはさまざまな花が咲いており、避暑に来ていると思われる貴族の観光客が、遠目にヴィクトリアたちを見て一礼した。ヴィクトリアはその貴族に会釈を返して、アレクシスの両親の案内を続ける。もし、アレクシスの両親がいなかったら、会釈してくれた客たちに突撃して、この場所の感想を聞き出しただろう。

「あちらの東の翼棟は、サーハシャハルにいる姉上に頼んで送ってもらった植物を植えています。だからエントランスよりも湿度も温度も高いんです。今の時期は蒸し暑いくらいかもしれません。ハルトマン伯爵にお手紙を書いたら、植物育成の促進の術式を指導してくださいました。その効果もあって、もう少しで実がなりそうなんです」

執事のセバスチャンが、ヴィクトリアの指示や要望のあれこれを取りまとめているのかと思っていたが、ヴィクトリア自身が領主館の執務室で、できることを考えて自身で実行していたのがわかる。

「ハルトマン伯爵は、まだここができる前に、エリザベート姉上と開発局のロッテ様と一緒にこちらに遊びに来てくださいました。それがきっかけでお手紙をやりとりさせていただいてます。ハルトマン伯爵は専門家ですから、サーハシャハルの植物についても知識をたくさんお持ちでした」

「カール……ハルトマン伯爵もこちらへ？」

自分の領地のため、帝都に来ていたハルトマン伯爵の一件は、フリードの記憶にも新しい。そして幼い頃からの彼も知っている。外見はアレクシスと異なるが、おとなしく物静かな性質は息子との共通点でもあった。

「はい。ここにご案内したら、伯爵の魔力で緑が一斉に急成長して驚きました」

完成間際のクリスタル・パレスに移植された木々や草花が力強く輝きだした様子や、バラの花を一気に開花させたことを、アレクシスの両親にヴィクトリアは語る。

「ハルトマン伯爵は植物について本当に博識でいらっしゃいます。だから、今回もお義父《とう》様から分けていただく植物の苗について、あらかじめお尋ねしてみたのです」

ヴィクトリアたちは南国の植物を栽培できる東棟から、西棟へと足を運ぶ。

領主館に付き従ってきた、フリードの従者たちが西棟にいるのが見えた。


「お義父様が今、領地で栽培されている新しい穀物ですよね」


西翼の一角で、フリードが手土産に持参した苗が植えられている。

「そうです。サーハシャハルと繋《つな》がりのあるフォルストナー商会から買い取ったものです。サーハシャハルの気候は、南の方は常夏、帝国寄りの北部では四季がはっきりと分かれています。この苗は常夏の地域よりも、北部での栽培に適しています」

「帝国の気候に近いものであれば、お義父様の領地でも栽培できると思われたのですね」

「そうです。成功するとは思いませんでしたが、昨年、私もカール……ハルトマン伯爵に尋ね、育成は水耕を試してみては、という言葉に従ったのです」

「これは麦なのですか？」

「ライスだそうです」

フリードの言葉に、ヴィクトリアは何かを思い出そうとしているようだ。

「ライス……ライス……あっ、姉上の結婚式の時、サーハシャハルに何日か滞在しましたが、そこで出された白い穀物ですね」

ヴィクトリアは思い出したようにポンと手を打つ。

「たくさんのスパイスを混ぜたスープで根菜や肉を煮込んだ料理が、出てきたことがありました。白いライスが眩《まぶ》しくて、スープの色が土の色で、その配色のコントラストに驚いたものです。スープはとてもスパイスが効いていて、でも、ライスを食べるとライスの甘みで安心できました。あのお料理、ちょっと辛かったけれどとても美味《おい》しかったので、何年経っても覚えてます！」

「携帯食にも適しているそうですよ」

「ライスがですか？」

「はい」

ヴィクトリアは何か言いたげに、アレクシスを見上げる。

もし栽培に成功したら、第七師団に携帯食として持たせるつもりだなとアレクシスは察した。

そういうことも、この領地ならば試せるだろうと思う。

「この領地は広いので、各村に駐屯している団員たちに試食させてみるのもいいでしょう。ただし、ここは帝国の最北端ですから、うまく栽培できればの話ですが」

アレクシスが言うと、ヴィクトリアはこくこくと首を縦に振る。

上手く収穫できるかどうかわからないので、なるべく温度の調節がきくこの温室内で試験的に栽培するのだが、ゆくゆくは領民たちの手で、屋外で栽培できるようにしたい。

冬はもちろんダメだけど、春から秋の期間にかけての栽培を目指したいと、ヴィクトリアは考えていた。

「大丈夫です。失敗しても、何度でも挑戦しましょう」

小さな手をギュっと握り閉めて、移植されている苗をヴィクトリアは見つめていた。

二話　マルグリッド姉上が遊びにきてくれました!

自領へ帰るアレクシスの両親を見送った数日後には、三番目の姉上、第三皇女マルグリッドがウィンター・ローゼを訪れた。前回、エリザベートが訪れた時と同様に、転移魔法陣を使用するかと思っていたが、街門の警備担当者が、フェルステンベルク家の家紋が施された馬車を確認すると、すぐさま領主館に伝令を走らせた。

「馬車でこちらへ?」

マルグリッドが馬車で訪ねてきたことに、ヴィクトリアは驚いた。マルグリッドならば転移魔法陣を使うと思っていたのだが、あの姉には意外とそういうところがあるかもしれないと納得したようだ。

貴族として、視察を兼ねて長い道中あちこちに立ち寄り、そこでお金を使うことで経済を回す——姉がそんなことを言っていたことを思い出す。「意外にそういう機会に気に入ったりしたものを紹介すると、結構それが流行してしまうものなのよ」とも。

今回の訪問は避暑という名目だが、人々の間で流行しそうな物を見つけて経済がうまく回るよう手助けしたり、自身のセンスを磨くことも、きっと姉は考えているだろう。

「別館に客室を用意するようにコルネリアに伝えて、アメリア」

アメリアは一礼するとすぐさま執務室から出ていく。その旨をコルネリアに伝えると、コルネリアは侍女たちに指示を出し始める。

帝都からヴィクトリアがこちらへきて数か月。社交シーズンの終了と同時に、ちらほらと貴族がこの地を観光で訪れるのを見て、いつでも別館に来賓を迎えられるようにと、使用人たちには通達している。貴族の誰もが黒騎士の領主館に泊まりたいとは言い出さないが、ヴィクトリア殿下がいるのなら話は違うと思う者もいるだろう。宿泊はしないまでも、挨拶のために訪れる者も増えてきている。

「マルグリッド殿下は社交界の貴婦人の中でも趣味人として有名です。準備はいつもより念入りに。いいですね？」

コルネリアの指示の下、侍女たちも準備に余念がない。

「姫様、温室の花を客室に飾りたいと言っておりますが」

執務室を訪れた別館付きの侍女二人が、温室に咲いている花を活けたいと、アメリアに伝えてきた。

「いいわよ。姉上は、お名前に百合《ゆり》の花を頂いてるので、この前咲いた新種の百合を活けてほしいわ。ティモにもそう伝えて。きっとたくさん咲いてるわ」

ティモとは温室の世話係の初老の庭師だが、気難しい男だ。しかしヴィクトリアにはやたら甘い。侍女たちは自分で頼むのをためらったのだろうとヴィクトリアは察した。

「わたしも温室に行こうかな。デスクワークちょっと飽きちゃった。セバスチャン、こっちの書類確認しておいてね」

ちなみに現在アレクシスは軍庁舎に出向いており、不在だ。観光客が増えたために、街の警備や移住してきた一般市民についての報告を受けるためだった。ここしばらくはこの調子で、朝、軍庁舎へと向かい、夜になって領主館に戻ってくる状態だった。そして夕食を取りながら二人は仕事の内容を精査し、次の行動や領地内の内政について取り決めていく。この体制が上手く回り始めていると、書類の確認をしながら執務室に残ったセバスチャンは思っていた。

ヴィクトリアがアメリアと侍女二人を連れて温室に入ると、土を掘り起こしていた少年が顔を上げる。テオと共にヴィクトリアを襲撃した子供のうちの一人マックスだった。

「ヴィクトリア殿下!」

マックスは慌てて膝を突いて頭を下げる。

「マックスがティモを手伝っていたのね、造園は力仕事だから、ティモも心強いと思うわ」

「手伝い始めた当初は全然力がなくて呆《あき》れましたがな」

庭師のティモが気難しそうに、横からそう告げる。

「ティモ！」

「この時間に温室にいらっしゃるとは、お珍しいことで。殿下」

ヴィクトリアは朝食の前後などに温室の草花を鑑賞することはあるけれど、昼間は温室を訪れないのをこの初老の庭師は知っている。

「マルグリッド姉上がこちらにいらっしゃるの。なので部屋に飾る花が欲しいの」

「左様でございましたか、ではこちらの百合《ゆり》は夏の花で、今がちょうど時期です。花弁が華やかに広がる新種です」

ティモが案内した場所では百合の花が満開で、温室に入る陽光をその大きな白い花びらで反射させていた。

「わー！　すごーい！　いい香り～！　これならマルグリッド姉上も喜んでくださるでしょう！」

ヴィクトリアは指を組み合わせて、百合の花を見つめた。

「殿下の執務室にもいかがですかな？」

「え？」

庭師ティモの提案に、アメリアはうんうんと頷《うなず》く。

執務室は機能と実務一辺倒で華やかさはないので、アメリアやコルネリアは気になっていたところだった。

「ゲルダ、姫様の執務室にも飾るので花器を用意してください」

「かしこまりました！」

「ハルトマン領から陶磁器の試作品が先日送られてきました。それにしましょう、姫様」

「そうね！　あ、ゲルダ、わたしの執務室には、一輪刺しの花器がいいわ。季節折々の花を一本ずつ楽しみたいの」

「はい」

皇女としては風流とか趣味人とかの言葉からは少し離れている姫様が、ここにきてようやくそちらの方にも興味を示されるようになったのかと、侍女はほっとしていた。

帝都皇城のヴィクトリアの私室は、母や姉たちの趣味を真似た、貴族の令嬢が好みそうなインテリアではあったが、ヴィクトリアは部屋を飾ることにさほど興味はもっていなかったようだ。そしてそれは服飾においても同様で、専属侍女のアメリアとしては、姫様を可愛らしく飾って差し上げたいと思ったけれど「あんまり派手なのはなんか……ちょっと……苦手……」と、本人から呟《つぶや》かれることも多かった。

ヴィクトリア付きとして傍《そば》にいる時間が長くなり、これは第一皇女殿下に影響されているのだと、理解するようになった。

第一皇女エリザベートは公の場ではそれなりの装いをするものの、執務時は非常に簡素なものを身に着けている。

常に華やかで人目を惹《ひ》くのは、妹である第三皇女マルグリッドと第五皇女グローリア。帝国の皇女として国の威信を高め、アピールするのは二人に丸投げで、エリザベートは父親である皇帝の後継者としての実務を第一に行っているのだ。

ヴィクトリアは姉たちを敬愛しているし、憧れてもいる。末っ子ならではの、姉上たちのいいとこ取りを無意識でやっているのだった。

「マルグリッド殿下が街門にお着きになった⁉」

庁舎の執務室にいたアレクシスは、街門警備担当の新兵から報告を受けた。

部下のルーカス中佐とフランシス大佐が顔を見合わせる。

「マルグリッド殿下がいらっしゃることは聞いていたが……」

「意外に早いお着きでしたな」

フランシスは頷《うなず》く。

「学園都市予定地からこのウィンター・ローゼまでの道中の警備を増強していてよかったですな、閣下」

「正門到着まで連絡がなかったということは、何事もなかったのだろう。出迎えに行った方がいい。こっちは進めておくから」

フランシスとルーカスに口々に言われて、アレクシスは庁舎の執務室から追い出された。団員たちが用意してくれた愛馬に乗り、街の中心部へ馬を走らせる。

ヴィクトリアには言えないことだが、アレクシスにとって、ヴィクトリアの姉たちの中でちょっと苦手なのが第三皇女マルグリッドであった。

彼女は貴婦人中の貴婦人との誉れ高く、社交界の華だ。

その美しさから、男性の信奉者《ファン》が多いのはもちろんだが、実は若い貴族の令嬢たち……アクレシスを恐れる女性たちからも、憧れの存在なのだ。

アレクシスは、マルグリッドを見ると、ついその令嬢たちを連想してしまう。恐れられ、拒否されることに慣れてはいるが、彼とてもそんな態度に傷つかないわけではない。マルグリッドの容姿は、そんな彼のトラウマを刺激するのだ。

ヴィクトリアに言わせれば「マルグリッド姉上は、父上とエリザベート姉上に何かあったら国の頂点に立つのですもの、それなりの威厳がないと権力欲の強い貴族を掌握できませんし、母上に似て優美さも兼ね備えていらっしゃいます。わたしが姉上たちのいいとこ取りならば、マルグリッド姉上は皇帝陛下と皇妃陛下のいいとこ取りです」とのことだ。

街の中央に着いてフェルステンベルク家の馬車を見ると、お付きの護衛が馬に騎乗し、馬車を守って並走していた。その護衛がアレクシスに気付いて敬礼をする。

「これはフォルクヴァルツ閣下」

「道中よくご無事だったものだ」

「はい、本来もっと早くに到着するはずでしたが、途中でマルグリッド様の体調が思わしくなく……」

「それで、マルグリッド殿下はご無事なのか？」

「はい、幸いメルヒオール様もご一緒なので」

警護の者がそう言うと、会話が漏れ聞こえたのか、馬車の窓が開いてメルヒオールが顔を覗《のぞ》かせる。

「やあ、元気そうだね。フォルクヴァルツ卿《きょう》」

「マルグリッド殿下のご体調はいかがですか」

「今は落ち着いて眠っているよ」

「そうですか」

「街の見学は明日にお預けかな」

アレクシスは頷《うなず》き、警護の者に立ち寄るところがあると告げて、列から離れた。

警護の者はどこへ行かれるのだろうかと思い、馬車の中のメルヒオールに顔を向けるが、メルヒオールは気にしていない様子で、指示を出さない。

指示がないということはこのまま進んで大丈夫なのだと思い、御者には何も言わず、そのまま馬車に並走するのだった。

「ようこそお越しくださいました、姉上！」

「トリアちゃん、久しぶりね」

にっこりと微笑《ほほえ》むマルグリッドを見上げ、ヴィクトリアは小首をかしげる。

帝都皇城からこの辺境にやってきて、数か月ぶりの再会だったが、以前よりもマルグリッドに覇気が感じられないのを不思議に思ったようだ。

「わー、トリアちゃん大きくなった⁉　抱っこしていい⁉」

そんなヴィクトリアを見て、いつもの態度をとるのが、マルグリッドの夫であるメルヒオールだった。両手を広げて進み出るが、ヴィクトリアは一歩後ずさる。

「ダメです！　わたしを抱き上げていいのは、黒騎士様だけなのです！」

メルヒオールは両手を広げたままがっくりと肩を落とす。

「メルヒオール義兄上《あにうえ》、その広げたままの両手でマルグリッド姉上を抱き上げてもよろしいのですよ？」

ヴィクトリアが茶目っ気たっぷりで義兄にそう言うと、メルヒオールはヴィクトリアに言われた通りにマルグリッドを横抱きにして抱き上げた。

もちろんその動作に驚いたのはマルグリッドだった。

「メルヒオール⁉」

ヴィクトリアはうんうんと頷く。

「マルグリッド姉上は馬車の移動でお疲れのご様子ですもの。旦那様に抱っこでお部屋まで連れて行ってもらえばよろしいのです」

「さすがよく気が付いたねえ、トリアちゃん」

メルヒオールのグレーの瞳が、ヴィクトリアを映す。

「わたしを誰だと思っていらっしゃるのです。姉上の妹ですよ。わかります」

えっへんと胸を張る様子は、まだまだ子供だ。しかしそれが似合っているのでメルヒオールもマルグリッドも苦笑する。

「あ、黒騎士様！　黒騎士様おかえりなさい！」

マルグリッドを抱き上げているメルヒオールの背後に、音もなく現れたその長身の姿を見上げて、ヴィクトリアは声を上げる。

そしていつものようにアレクシスに走り寄って抱きつく。

「ただいま戻りました。殿下、ミリアを連れてまいりました。マルグリッド殿下のお身体がご不調と伺ったので」

アレクシスが、メルヒオールとマルグリッドを乗せた馬車に並走せずに離れたのは、病院に寄るためだった。アレクシスはマルグリッドの体調が思わしくないと聞いて、ミリアを連れてきたのである。

「ミリア！　来てくれたのね！」

ヴィクトリアはアレクシスの手を取りながら、後ろに控えていたミリアに声をかける。

「閣下からお話を伺い、参りました」

「セバスチャン、姉上たちを別館へご案内して。ミリアも！」

一気に賑《にぎ》やかになった領主館のエントランスだが、長旅をしてきた姉夫婦を別館へと案内するヴィクトリアとアレクシスだった。


「みんなちょっと大げさだわ、たいしたことはないのよ？」

診察を受けるので人払いされていたゲストルームの寝室で、マルグリッドが言った。

「皆様はマルグリッド殿下のお身体が心配なのですから。私は、以前、環境省医療健康局に在籍しておりましたミリア・フォン・シュレイカーと申します。ヴィクトリア殿下の治癒魔法に感激して、環境省からこのウィンター・ローゼの病院に移りました」

「ええ、存じています。わたくしのお友達も、ヴァイス・ミリア——白いミリアのファンですもの」

「……はい？」

ミリアは小首をかしげる。マルグリッドの語る『白いミリア』という言葉には聞き覚えがない。

「社交シーズン中、わたくしのお友達の間では貴女《あなた》の話題でもちきりでしたの。美白美容の魔法使いで有名でしてよ？」

その言葉を聞いて、ミリアはカーッと顔を赤くする。

ヴィクトリアにソバカスを消してもらったうえ、自分の治癒魔法で美白美容のアドバイスや施術をしていたことで、そんな呼び名が独り歩きしているとは、今の今まで知らなかったようだ。

「そ、そうでございましたか……こ、光栄です」

恐縮するミリアに、マルグリッドはクスクスと笑って言う。

「随分と思いきりましたね、ヴィクトリアに従って辺境領に移動するなんて。帝都にいれば、わたくしのお友達からもひっぱりだこでしたでしょうに」

「確かに、そういった道もありましたが、わたしはこの選択をしてよかったと思っています。忙しいですが、やりがいもたくさんあります。美白の魔法だけではなくて、ちゃんと治癒魔法を勉強しつつ実践できますから。でも、観光や避暑でこちらに来られた方々からも、時々美白についての施術を依頼されることもあります」

マルグリッドが頷《うなず》くと、ミリアは「失礼します」と言って、マルグリッドの前に手のひらをかざした。

しかし、すぐに手を下ろした。

「？」

「マルグリッド殿下……、最近貧血や微熱、吐き気などございます？」

「え、ええ。でも気にしなければなんともないの。社交シーズンが終わってエリザベートお姉様に呼ばれてハルトマン領にいたのだけど、そこからここまでだと馬車での移動も二日ほどだって聞いていたので……」

「魔力も安定しない感じでは？　それで今回は心配されたメルヒオール様もご一緒に、このシュワルツ・レーヴェまでいらしたのでは？」

マルグリッドは転移魔法が使える。本来ならばその方法でこのシュワルツ・レーヴェに来るはずだったのだが、魔力が安定しないことを知ったメルヒオールが同行すると言い張ったのだ。

「そうなの……。今までこんなことはなかったから……」

ミリアは頷く。

「いろんな感覚が敏感になって、例えばこの部屋に飾られた百合《ゆり》もいつもならすごく嬉《うれ》しいけれど、なんだか匂いが強い感じで……できれば避けたいくらいね」

ミリアはもう一度、手のひらをマルグリッドにかざす。

「この質問はちょっと失礼かと思いますが、大事なことですのでお尋ねいたします。その……最近、月のものはございました？」

ミリアの質問にマルグリッドは目を見張る。

ミリアは患者を治癒するという表情ではなく、どこか嬉《うれ》しそうな、期待をもった眼差しでマルグリッドを見つめる。

「まさか……え……でも……」

ミリアはにっこりして言った。

「間違いございません。おめでとうございます。皆様ご心配されております、お呼びいたしますね」


ミリアがドアの外にいるアメリアに診療が終わった旨を伝えると、別室にいたヴィクトリアやメルヒオールとアレクシスが部屋に入ってくる。

「マルグリッド……？」

両手で顔を覆っているマルグリッドに声をかけたメルヒオールは驚く。

幼馴染《おさななじみ》で、顔を合わせればケンカばかりで、でも結婚してからは、おしどり夫婦のようだと周囲から言われていた。

その容姿からは想像もつかないが、やはり彼女はこのリーデルシュタイン帝国の皇女らしく気丈で、精神的には強い。その彼女がいつになく頼りなさそうにおとなしくしている様子を見て、メルヒオールも内心ではかなり心配していた。

今年は社交シーズンが終わってからも、マルグリッドの予定はたてこんでいたからそのせいかもしれない。疲れている様子だったから、可愛い妹がいるちょっと静かな辺境で、長めにゆっくり療養させたいと思っていた。

「どこが悪い……」

彼の言葉を遮るように首を振り、マルグリッドは目に涙をにじませる。

「違うの、メルヒオール……病気じゃないの……赤ちゃんができたの」

マルグリッドの頬に手を伸ばそうとしていたメルヒオールの動きが止まった。呼吸も一瞬止まった。彼は震えながらマルグリッドに囁《ささや》く。

「もう一度言ってくれ。今、キミはなんて言ったんだ？」

ヴィクトリアもアレクシスもすぐに「おめでとう」と言い出せなかった。アレクシスは感情をあらわにしない性格だからだが、メルヒオールを差し置いてまっさきに「おめでとう！　姉上！」とはしゃいで喜びをいっぱいに現すかと思ったヴィクトリアは、菫《すみれ》色の瞳を見開いて、言葉もなく姉夫婦を見つめる。

「赤ちゃんができたのよ……ようやく……」

メルヒオールは肩を震わせながら、マルグリッドをかき抱いた。

マルグリッドが最後に絞り出すように呟《つぶや》いた「ようやく」という言葉に、すべてが込められている。

この二人は結婚して八年になるが、一度も子供ができたことはなかった。

これは、この国の貴族たちの中に時々あることだった。貴族は家同志の政略によって結婚が決まるが、魔力の波長が合わず、子供に恵まれない場合がある。アレクシスやハルトマン伯爵、そしてメルヒオールも、そういった末に生まれた子供だった。

ちなみに、リーデルシュタイン皇妃エルネスティーネは、彼女自身が治癒魔法の使い手であると同時に、魔力の相性によって出生率が変わることのない、多産系の家系であったことが成婚の決め手になったと言われている。皇帝との間に女子だけとはいえ、六人姉妹を成したことでそれが証明されている。

だが、そんな多産系のエルネスティーネの娘であるマルグリッドは、結婚して八年もの間、子供に恵まれなかった。

社交界の華として常に注目を集めるが、心ない貴族たちからは「ご結婚されてもお子に恵まれないとは本当に皇妃のお血筋なのか」と陰で囁《ささや》かれていたのは知っているし、メルヒオールも同様な陰口をたたかれていた。

メルヒオールはそーっとマルグリッドを抱きしめる。

「もう一回、言って。嘘《うそ》じゃないって言ってくれ」

「赤ちゃんができたのよ、嘘じゃないわ」

「いつ生まれる!?」

メルヒオールが、診察したミリアに尋ねると、ミリアは「春には」と答えた。

「春に……僕とマルグリッドの子が……帰ろう！　もうお仕事はしない！　社交シーズンもおとなしくしていて！　陛下のご依頼でもエリザベート殿下のご依頼でもそれは断って！　普段からマルグリッドに何かあったらって考えただけでも死にそうなのに、今のマルグリッドに何かあったら、僕は死んでも死にきれない！」

マルグリッドは泣きながら、クスクス笑う。

「よかった……喜んでくれて」

「当たり前だろ！　諦めてたんだよ！　嬉《うれ》しいよ！」

「……うん……」

「トリアちゃん、帰るから！　僕たち！」

「やだ」

両腕を組んでプイっと窓の外に視線を向けるヴィクトリアを見て、そのしぐさはまるで、ヒルデガルド姉上のようだとマルグリッドは思う。

「はあ!?」

やだ、と言われたメルヒオールは、マルグリッドの両肩に手を置いたまま、目をむいてヴィクトリアを振り返った。

「そんな状態でこの辺境までマルグリッド姉上は来てくださったんですもの、安定期までここにいられた方がよろしいのでは？」

「こんんの、こまっしゃくれちゃん！」

アレクシスは、ヴィクトリアにつかみかかろうとするメルヒオールの前に立ちふさがった。アレクシスよりも華奢《きゃしゃ》な体格のメルヒオールだが、意外にも力があるなと彼を押さえながらアレクシスは思う。

「いざとなったら、わたしが母上をお呼びします。それに、気を利かせてさっきまで空気になってたんです。そろそろ言わせていただいてもよろしいですか？」

わくわくと嬉しそうな様子を隠さず、ヴィクトリアは言う。

「おめでとうございます。メルヒオール義兄上《あにうえ》、マルグリッド姉上」

ヴィクトリアのその言葉にメルヒオールの力が抜けたのを察して、アレクシスが彼を離すと、ヴィクトリアはたたっと、ベッドの上に上半身だけ起こしているマルグリッドに近づいて抱きつく。

「姉上、おめでとうございます！　ああ、本当によかった！　きっとどちらに似ても可愛くて頭が良い子がお生まれになるわ！」

「そうね」

小さく簡潔に答えたマルグリッドの手を、ヴィクトリアが握る。

「元気な子が生まれてくるに違いないわ。わたしもお祈りします！　お疲れなら、少しお休みになられたらいいですよ、赤ちゃんが眠いとお母さんも眠いって、視察に行った時、領民から聞いたことがあります」

「あと、ヴィクトリア殿下、このお部屋にある百合《ゆり》の花は移されたほうがよろしいかと。いつもは好きな香りでも、嫌になることがあるそうなので」

「そ、そうなのね！」

「せっかくわたくしの好きな花を飾ってくれたのに、ごめんなさいね、トリアちゃん」

「いいの。アメリア、ゲルダに言って花器ごとお花を下げて」

アメリアは一礼してドアの外に出ると、ゲルダを呼んで花器を下げるように指示を出す。ゲルダは緊張して部屋に入り、飾った花器を下げて行った。

「あと、食の好みも変わるようです。酸味が効いたものが好まれるようになると、よく言われています。でもそれは個人差もございますから」

ミリアの言葉に、ヴィクトリアは頷《うなず》く。

「わかったわ、アメリア。コルネリアと料理長のラルフに姉上の体調を伝えて、食べられそうな味付けを考えてもらって。さ、マルグリッド姉上はお休みください。メルヒオール義兄上《あにうえ》は、もし、マルグリッド姉上のご様子が悪かったらお知らせください」

部屋に姉夫婦を残し、みんな廊下に出た。

静かに別館を後にして、ヴィクトリアは侍女を振り返る。

「すまないわね、ゲルダ。せっかく活けてもらったのに」

「いえいえ、領主館は広いですし、この花を活ける場所は他にもございます。何より、マルグリッド殿下のお身体の方が大事です。これはこのまま執務室に活けましょう。そして執務室の花は図書室に」

ヴィクトリアが首を縦に振ると、ゲルダは執務室へ花器を抱えていく。

「それでは殿下、わたしはこれで失礼します」

背後からミリアに声をかけられて、ヴィクトリアは振り返って言う。

「あら、ミリアは今日、わたしたちと一緒に夕食を食べてね。環境省医療健康局からも新人や引退した人が来てくれて、病院の方は大丈夫なんでしょ？」

ミリアが治癒魔法使いとして帝都からここへ移動する話を聞いて、帝都にいる医者や環境省を引退した者が、このシュワルツ・レーヴェに移住してきており、各村へ医者も派遣され始めている。

このウィンター・ローゼも徐々にスタッフが揃《そろ》いはじめていて、病院はミリア一人ではなくなっていた。そして今日はアレクシスから直々に往診の要請を受けたので、スタッフたちはミリアの仕事を分担して、今頃は業務も終わりに近づいているはずだった。

「いい機会だから、ミリアの最近の様子も知りたいし、病院の状態や各村に派遣した人材について話し合いたいわ。ね？　よろしいでしょう？　黒騎士様」

ヴィクトリアの言葉にアレクシスが頷《うなず》くと、彼女はぱあっと顔を輝かせた。

「殿下の症状についても、意見を聞きたいところだ」

マルグリッドのことを心配してくれて嬉《うれ》しいという表情をするヴィクトリアだが、アレクシスはため息をついて言った。

「マルグリッド殿下だけではなく、貴女《あなた》のこともです。ヴィクトリア殿下」

アレクシスの言葉に、ヴィクトリアは渋いお茶を飲んだような表情を彼に向けた。

しかし、そのアレクシスの言葉に同調するかのようにミリアも頷く。

「ええ、わたしも心配しておりました。フォルクヴァルツ閣下の仰せの通りです。いい機会ですので、マルグリッド殿下滞在中は、十日に一度往診の許可をいただきたく思います。殿下」

マルグリッドのためにミリアの往診はぜひ頼みたいところであったが、まさか自分の診察も兼ねてと言われるとは、ヴィクトリアは思っていなかった。

アルル村やオルセ村の視察の前から、倦怠感があった。しかしいざ視察となると気分が上がるのか、体調はあまり気にしないで過ごしていた。だが、海のあるエセル村の視察からウィンター・ローゼに戻ると、ヴィクトリアは三日ほど寝込んでしまったのだ。

このところ領主館での書類仕事に精を出しているのは、外出を取りやめていたためで、本来だったらもっといろいろ領内を見て回っていただろう。それこそ、このウィンター・ローゼにいる時間は無きに等しく、各村の領民たちとその生活を視察しながら、開発の予定を立てるぐらいのことは、ヴィクトリアならばやるはずなのだ。

　領主館の執務室で内政の問題に関してあれこれ案を巡らすぐらいは、まだまだおとなしい範囲に違いない。

「でもでも、ほら、今は元気よ」

　ヴィクトリアはそう言い張るが、ミリアとアレクシスにじっと視線を向けられて、しゅんとうなだれる。

「ヴィクトリア殿下、貴女は私におっしゃったではありませんか。為《な》すべきことを為すためには命は大事だと」

　アレクシスに諭すように言われて、ヴィクトリアはますます肩を落とす。

　そんなヴィクトリアに対して、いつものようにしゃがみこんで彼女を抱き上げようと両手を広げると、ヴィクトリアははっとしたようだった。

「えっと……もしかして……黒騎士様……」

「？」

「わたしを抱っこしてお部屋を移動してくださるのは、別にわたしがいつまでも子供のように小さくて可愛いからとか……黒騎士様のお気持ちがちょっとはわたしにあるからとかではなくて、私の身体を案じてくださっていたからなのですか⁉」

アレクシスの変わらない表情を見ると、否定ではなく、ヴィクトリアの質問がそのまま答えだったことに気づいて、ヴィクトリアの顔は見る見るうちに赤くなった。

「やだ、わたしったら、勘違いしてたのね！　ああ～も～恥ずかしいー！」

両手で頰を押さえてしゃがみこんだヴィクトリアに、ミリアは声をかける。

「だ、大丈夫です。フォルクヴァルツ閣下はヴィクトリア殿下のことを可愛いと思っていらっしゃいますから！」

ヴィクトリアはミリアを見上げてから、アレクシスを見つめる。アレクシスはいつものように両手を広げたままだった。

ヴィクトリアがギュッと目を閉じたままアレクシスの腕の中に収まると、彼はいつものようにヴィクトリアを片腕に抱いて立ち上がる。

「いいです。もう理由はなんでも、黒騎士様に抱っこさえしてもらえるなら！　というか、黒騎士様、拗《す》ねた子供を宥《なだ》めるように背中トントンしなくてもいいですよ？　一応わたし、十六歳なんですから」

ヴィクトリアがそう言うものの、アレクシスは宥める動作をしばらく続け、そして、先ほどメルヒオールがエントランスで、ヴィクトリアに向かって、両手を広げていた姿を思い出していた。

アレクシスとの婚約前なら、メルヒオールが両手を広げたらこうして飛び込んだのかもしれない。メルヒオール自身も、いつまでも小さく幼い彼女を自分の子供のように思って可愛がっていたのかもしれない。それが「抱き上げていいのは黒騎士様だけ」などと言われてちょっとはショックだったのではないだろうかと同情した。だが、近いうちに彼が自分の子供を嬉《うれ》しそうに抱き上げる姿が想像できた。

「八年は……長かったと思います。マルグリッド姉上もメルヒオール義兄上《あにうえ》も、仲が良いだけに、お子が授からない件では他の貴族から横槍《よこやり》や陰口があったはずですから」

皇女たちを褒めそやす言葉を耳にすることがあるが、時には嫉妬や羨望を、遠まわしに囁《ささや》かれることもあるのも知っている。エリザベートやヒルデガルドに対する「これが男であれば」という言葉だったり、病弱のシャルロッテが公けに姿を現さないのは醜女《しこめ》だからとか、ヴィクトリアもいつまでも幼いままで、マルグリッドも結婚したのに子を成さないのは実は帝位を狙っているから等々……。

そういった煩わしさがないこの辺境領での生活が、ヴィクトリアにとって幸せな心安らかなものであればいいとアレクシスは願っていた。

「マルグリッド姉上にはいろいろと相談にのっていただきたかったのですが、今は姉上のお身体が大事ですものね。あ、サンルームじゃなくて、執務室がいいです黒騎士様」

夕食前に、お気に入りのサンルームでお茶を飲むのがヴィクトリアの日課。マルグリッドの来訪で慌ただしかったため、その時間は過ぎている。

「父上にも、フェルステンベルク公爵にもお手紙を書いておきたいのです」

「そうですね」

「ねえ、ミリア、メルヒオール義兄上《あにうえ》にはあのようにお伝えしましたが、今すぐにとんぼ返りとかはやめた方がいいわよね？」

先ほどのメルヒオールの興奮ぶりから、彼らがすぐにでも帰ってしまうかもしれないとヴィクトリアは心配している。

「はい。個人差がございますが、お子を宿されてからしばらくは体調が整いませんし、情緒も不安定になりがちです」

「早めに公表しても大丈夫かしら？」

「マルグリッド殿下はこの国の公人ですが、公式にはまだ伏せておかれた方がよろしいかと……初期はその……お子が生まれずに流れてしまうこともございますから」

ただ、宰相職のフェルステンベルク家の跡取りを懐妊したわけなので、お身内にはご連絡しても大丈夫ではないかと付け加える。

「そ、そうなのね。わたしには姉上はたくさんいるけど、ご懐妊はマルグリッド姉上が初めてなので何もわからないわ……母上にも聞いておこうかな」

「安定期まではこちらでゆっくり過ごされるのもよろしいかもしれません。マルグリッド殿下もお忙しい方です。無理にお仕事をなさって、そんなことにならないためにも」

「そうね、安定期になれば魔力も安定する？」

「はい。一般的にはそう言われています」

「ここで過ごされた後の移動は、転移魔法を使った方がいいわよね？　馬車だと道中何があるかわからないし」

「そうですね、わたしのような下級貴族や平民では適《かな》わないことですが、フェルステンベルク家でしたら、ご家族の中に転移魔法を使える方がいらっしゃるでしょうから、それに越したことはございません」

「マルグリッド姉上が直接行使しても大丈夫？」

「……え？」

「マルグリッド姉上は転移魔法が使えるの」

「それは……症例を調べないとなんとも……申し訳ございません」

「ううん、いいの、大丈夫。父上と母上に聞いてみる。そういう例があるかどうか、ミリアとも情報を共有するわね」

「ありがとうございます」

そんなことを話しながら執務室に戻ると、デスクに設置された魔法陣が光っていた。

「お手紙が来てる……？」

ヴィクトリアはデスクに座ると、手紙を手にする。

「エリザベート姉上からだわ」

マルグリッドをハルトマン伯爵領に呼び寄せて、再建について相談をもちかけていたため、妹の体調を心配したのだろう。開封し、便せんに記された文章に目を通すと、内容はヴィクトリアの予想どおりのものだった。

ヴィクトリアはミリアにソファに座るように勧め、手紙を書き始める。

いつもより早く帰宅したためなのか、アレクシスもデスクに向かって、何か書き物をしているので、一緒に机を並べて仕事をしている気分で嬉《うれ》しいなと、ヴィクトリアは手紙を書きながら思っていたが……。

アレクシスはアレクシスで、ヴィクトリアの健康状態についても知らせておこうと筆をとっていたのだった。だがそれがわかってしまえば、ヴィクトリアに「父上や母上には良いことしか知らせたくないの！」とへそを曲げられそうだと案じた。

アレクシスは、手紙の最初で領内の開拓状況、主に軍港の状態について報告し、何枚目かで、ヴィクトリアの健康状態について知らせることにした。

ニコル村の軍港や造船所の様子を魔導具で転写したものを選別していると、「ニコル村の報告書ですね」とヴィクトリアが尋ねたので、アレクシスは頷《うなず》いて封をした。

これがもし、ヴィクトリアの近況だけでなく、健康状態も記しているとわかれば彼女がまた怒るかもしれないと思うが、この件に関しては譲れない。

「ヴィクトリア殿下、これも一緒に転送してください」

なんの疑いもなく一緒に手紙を転送するヴィクトリアの頭にアレクシスが手を置くと、彼女は嬉しそうに笑った。

ヴィクトリアとアレクシスの手紙が同時に皇帝の元に届けば、自分は黒騎士様と仲良く頑張っていると父上も思ってくれるかもしれない——。そんなふうに思ったのだった。

姉のマルグリッドがウィンター・ローゼに来てから数日が経過した。

初日にマルグリッドの懐妊がわかると、両親である皇帝と皇妃、さらに嫁ぎ先であるフェルステンベルク公爵夫人レオノーラと、ウィンター・ローゼを訪問する直前まで滞在していたハルトマン伯爵領にいる一番上の姉エリザベートにその旨を知らせ、姉の滞在中は、コルネリアやミリアに相談してマルグリッドが過ごしやすいようにと気を配った。

一番早く返信が来たのはフェルステンベルク公爵夫人レオノーラからで、すぐにでもフェルステンベルク領に戻したいところだが、本人の体調がいい時に転移魔法で帰還させることを希望しており、後に届いた、父親である皇帝や姉のエリザベートからの返信も、本人の体調を第一にして早めにフェルステンベルクに戻した方がいいと、意見が一致していた。

「せっかく、ウィンター・ローゼのアクアパークやクリスタル・パレスを見てみたかったのに残念だわ……」

ため息交じりにマルグリッドが呟《つぶや》く。

「まあまあ、姉上、建物はどこにも逃げませんよ」

「そうだけど、今は夏でしょう？　クリスタル・パレスの花壇や研究中の作物とかも見てみたかったわ。ここの冬は厳しいし長いから……今が花の見ごろだし、プールも楽しめたと、エリザベートお姉様はご機嫌だったもの」

「赤ちゃんが生まれたら、ご家族で遊びにきてください！　遊興施設も増やしたいです！　夏のバカンスにぴったりな避暑地を目指したい！」

「そうね、楽しみ」

「マルグリッド殿下、姫様。メルヒオール様がお戻りになりました」

アメリアが取り次ぐと、ほどなく二人のいるサンルームにメルヒオールが入ってきた。

「どうだった？　メルヒオール。ウィンター・ローゼは」

マルグリッドが領主館で安静にしている間、メルヒオールはウィンター・ローゼ内を視察していた。

それもこれも、本来はマルグリッド自身がこの妹のいる領地を見たいと思っての訪問だったが、代わりにメルヒオールがこの街を見学していたのだった。

「綺麗《きれい》な街だ。開発の余地もまだまだありそうだけど……都市づくりには終わりがないからね。でも北の辺境のド田舎にはもったいないぐらいの街だよ」

「でしょうね、元々、お父様が開発を主導していた街ですもの、婚約が決まってからはトリアちゃんが工務省と連絡をずっと取り続けていたのだから、心配はしていなかったけれど、でもやっぱり領民は少ないわね」

「そうなんです。帝国内で噂《うわさ》を聞いて移住を希望する者がいれば、受け入れるようにはしていますが、なかなか」

「ふふ。ハルトマン伯爵領の領民が流れてくると思いきや、エリザベートお姉様の施政の効果で予想より少ないんでしょう?」

「冬は豪雪のために他の領地との交通が遮断され、おまけに魔獣の多さは国内では誰もが知るところだからね。どうするつもりなんだい? トリアちゃん」

姉と義兄に言われて、ヴィクトリアは頬を膨らます。

二人が言うように、ハルトマン伯爵領からの領民の移住を考えていたが、思ったよりも少なかった。領民は生まれ育った土地を離れたくないのだとヴィクトリアは思った。自分だって他の国との政略結婚ではなく、自国の貴族への降嫁《こうか》を選択したのだから。

アレクシスのことは大好きだけど、同じぐらいこの国も好きなのだ。

「本当にそれを突かれると痛いです。なんでもわたしの魔法だけで解決していたら、意味ないですし……」

　マルグリッドとメルヒオールは顔を見合わせる。

「わたしがやるのはドールハウスのお人形ごっこではないのですから」

「よしよし。実はこの僕とマルグリッドの交流関係を駆使して、この領地の人手不足解消のために移住希望者に声をかけてみたんだ。貴族ではないけれど、それなりに人を使う実業家たちだ」

「実業家ですか……」

「うん。領地のない下級貴族みたいな」

「はあ」

「この～おしゃまちゃんは～まだ不満そうだな～」

「だって……」

　ヴィクトリアは可愛らしく、口を尖《とが》らせた。

「マルグリッドと僕の人選だよ？　といっても、そういう人たちがよそへ移住するには、いろいろ事情もあるんだけど……ちょっと変わり者って感じの人も多いかな？　北のド田舎に観光じゃなくて仕事に行こうって人たちだから」

「ド田舎とかおっしゃるのはやめてください。そういう言い方をなさるから、マルグリッド姉上と長年ケンカばかりされていたのですよ」

　ムっとしてメルヒオールに言い返すが、マルグリッドはクスクス笑う。

「この人自身も子供だから、可愛い子をからかいたいのよ。久しぶりの再会なのに、抱っこもさせてくれないトリアちゃんに拗《す》ねてるのよ」

マルグリッドの言葉に、メルヒオールは眉間に皺《しわ》を寄せる。彼女の言葉は図星だった。

「でしたらなおさらです。その物言いを改めた方がよろしいですよ、だって義兄上《あにうえ》は父親になられるのですから」

「……父親か……」

「そこで『僕が父親ならトリアちゃんは叔母様《おばさま》だよ』とかおっしゃらないでくださいね。マルグリッド姉上のお子様には名前で呼んでもらいたいです」

ツーンとすまして答える口達者な義妹にはお手上げだと、メルヒオールは両手を挙げて肩をすくめた。

その時、サンルームのドアがノックされて、ヴィクトリアが応じると、セバスチャンが現れた。メルヒオールが言っていた移住希望者たちがウィンター・ローゼに到着したら、目通りを願っているとの知らせだった。

ヴィクトリアは姉のマルグリッドを気遣い、サンルームを出て、移住者についてアレクシスと相談するため、執務室に向かった。

三話　ハルトマン伯爵領へ相談に行く

ヴィクトリアとの会見を希望する人々は、事業の展開を考えて、このウィンター・ローゼに移住したいとの希望を申し入れてきていた。

移住希望者たちはすでにこのシュワルツ・レーヴェ領に入っており、じきに代表者がウィンター・ローゼに到着予定とのことだ。

「総じてみなさん、自分のお仕事が好きっていうのは、一致してます。資源も土地もあるこの新領地で事業を展開させたいのはわかりました。魔獣も多く、冬は雪に閉ざされる環境なのを承知でここで仕事をしたいと言っているのですから、メルヒオール義兄上《あにうえ》のおっしゃる通り、変わり者ですね」

「ひとつ気になるのは……どの人物も、この辺境の南の領地から移住してくるということですね」

ここへの移住を希望してくる人物たちが、どのような事業をしていたかという点ばかりに注目していたヴィクトリアに、アレクシスは呟《つぶや》いた。ヴィクトリアははっとして、メルヒオールの作成した書類に視線を落とす。

「セバスチャン、この辺境領の南に隣接する領地は誰が統治を？」

「シュリック子爵です」

　ヴィクトリアとアレクシスにお茶を淹《い》れながら、セバスチャンは答えた。

「移住を希望する理由は、事業のためだけではないのでは」

「どういうこと？」

「現在のシュリック子爵家のご当主はご存じでしょうか？」

「名前だけならば。ヨハン・フォン・シュリック子爵ですよね……」

「はい、御年八十五歳。領主では最高齢のお方です」

　アレクシスとヴィクトリアは顔を見合わせる。

「えーとえーと、わたしが十二歳の時に亡くなられた皇太后陛下が八十一歳だったから……おばあさまと同い年でまだ現役領主!?」

　いやいや、貴女《あなた》の見た目はその時の十二歳よりも下、今も十歳くらいに見えます、とセバスチャンは思う。そんなセバスチャンの内心を読み取ったかのように、ヴィクトリアからシュリック子爵領のことについて質問が飛んだ。

　シュリック子爵領――何代か前の皇帝から貴族位を賜り、領地を拝領したらしい。現在の領主はヨハン・フォン・シュリック。年齢は八十五歳。随分と老齢の領主。

　アレクシスの両親はまだ五十代だが、息子に領地を渡して引退しようというのに、その年齢で現役なのかとアレクシスは考え込む。

とはいっても、五十代で隠居を決め込むには早すぎると、アレクシス自身も両親を説得はしていたのだが……。両親は嫁の来ない息子に付加価値を付けたいがために、爵位も譲渡する申請を出していたことすらある。

「後継者がいないのか？」

「当主のヨハン様がお決めになられていないご様子。シュリック子爵領は、現当主のヨハン様が家督を譲渡する際に後継者争いが表面化し、一度は引退したヨハン様が皇帝に直訴して、爵位を戻していただいたとのお話を伺ったことがございます」

アレクシスはヴィクトリアを見る。アレクシスは兄弟がいないので家督争いなど思いもよらない。息子が多くいる領地持ちの貴族には、時々そういった後継者争いがあるのは部下からも聞いていた。だが、自分の傍らにいるこの膨大な魔力を持つ姫君は、六人姉妹の末っ子だが、この人は自らが家督を得ることなど考えたこともないだろうと思った。

「お家の事情がよろしくない領地から逃げるように、この新領地への移動というわけですな。子爵領内での紛争もあるのではないでしょうか？　シュリック子爵家はこの辺境領と、レサーク公国に挟まれております」

レサーク公国は元々帝国領だった。過去の帝国の帝位継承争いに敗れた皇族が、この地に移り、現在では分離独立した国である。

シュリック子爵領は、その隣接するレサーク公国と帝国のつなぎとして、シュリックが拝領したと言われている。拝領した当初シュリック家は男爵位であったが、いろいろと功績があり、何代か前に子爵位を賜ったらしい。

シュリック子爵領は元々辺境領に属する土地であり、子爵家はそのまま上手く統治していれば、辺境伯爵の爵位を貰える……はずだった……。だが魔獣や害獣対策が上手くいかなかったため、ハルトマン伯爵領と同様に、現在のシュリック子爵領は再建の助けが必要であると、帝国内で噂《うわさ》されている。

「レサーク公国は塩と海産物で帝国との交易を行ってるのよね。そしてレサークの隣は食料自給率の高さで大陸一、二を争うサーハシャハル。でもサーハシャハルは南海に面してる国だから海産物も豊富。レサーク公国メインに交易するよりは、帝国メインに交易する方が、サーハシャルは儲《もう》けられるわね」

セバスチャンはヴィクトリアの言葉に頷《うなず》くが「殿下その『儲け』の発言は帝国の姫というよりも商人のそれに近いです」と心の中で呟《つぶや》く。

「そして帝国との玄関口がそのシュリック子爵領。ここも海に面しているから、拝領して以降、塩と海産物で収益を上げていますが……黒騎士様の第七師団と工務省とで辺境領の海の村、ニコル村の開発を行っているから、そのためにシュリック子爵領もレサーク公国も、交易の収入が減るとか、経済的に不安を感じてるんでしょうか？」

「おそらく」

「移住の理由は事業の業績悪化の回避と、身の安全の確保というところか？」

アレクシスの言葉にセバスチャンは頷《うなず》く。

かつて危険と言われていた辺境領へ、身の安全のために移住とは……。

「黒騎士様がいるならば、守ってもらえそうとか思うのはわかりますけど。受け入れたらシュリック子爵領からクレームが来そうですよねえ」

ヴィクトリアは両膝を立てて、小さな手でその顔を包んでいる。

「もし海域で争いが起きても、ニコル村で造られている軍用艦が一隻《せき》でも完成したら、睨《にら》みがききそうですが……」

「それはまだ時間かかるという話ですものね」

ヴィクトリアは、軍港と造船の進捗状況によっては、魔導開発局のロッテを派遣してもらえないかとエリザベートに打診するのもありだろうと思っていた。

工兵と工務省と魔導開発局とで造船に着手すれば、冬前に一隻ぐらいは完成できそうな気がする。クリエイト系の魔法を使える者も動員すればなおさらだ。

工務省からの報告書を、ヴィクトリアはアレクシスから受け取って目を通す。

「もう、マルグリッド姉上もメルヒオール義兄上《あにうえ》も意地悪っ！　そんな面倒な事情がある者をこっちに寄こして……。もう少しなんとかならないものなの？」

「ですが、殿下、これらの者たちを受け入れることで、ニコル村の開発が進むかと」

アレクシスの言葉に、ヴィクトリアは頷く。

「わかってますけど！　なんだかモヤモヤする〜！」

「会ってみましょう。私も仕事を調整して会見に同席します」

「あら、黒騎士様！　わたしに全部任せるおつもりだったのですか⁉　黒騎士様が領主様なんですもの。当然、会見は黒騎士様主導です」

一人でお仕事なんていや、とヴィクトリアは言うが、別に全部ヴィクトリアに丸投げして名ばかりの領主でも構わないし、むしろ内政関連はこの姫君に任せた方が万事うまく運ぶだろう。

しかし隣接する領地のお家事情を小耳にはさんでしまったからには、警戒はしておいた方がいい。そういう領地は荒れるのだ。家督争いがもっと大事《おおごと》になる可能性もある。

セバスチャンに日程を調整してもらい、アレクシスも隣接する子爵領から移動してきた事業者たちに面会することになった。

「お目にかかれて光栄です。ヴィクトリア殿下、そしてフォルクヴァルツ辺境伯」

先にヴィクトリアに挨拶をした年長者の男の言葉に、ヴィクトリアの瞳がガラスのように光った気がして、年長者の傍《そば》にいた青年が慌ててアレクシスに一礼した。

事業者たちの代表の中に、こんな若い青年がいることをヴィクトリアは訝《いぶか》しんだが、アレクシスは青年をじっと見つめる。

「陶器と縫製、機械工業の事業、海産物の食品加工……フェルステンベルク公子の紹介というが、海産物の加工は嬉《うれ》しいが、他は、内容的にはこちらよりもハルトマン伯爵領の方が事業の内容と合致しそうだが？」

アレクシスの言葉に、中年の男たちが青年に注目する。

渉外的な役割なのか、青年が答える。

「ハルトマン伯爵領が、第一皇女エリザベート殿下の助力で農業から工業に舵《かじ》を切り替えたのは存じ上げております。しかし、我々の事業はこの新領地にも決して無駄ではないと思っております。人口の少ないこの領地にはそういった技術も必要ではないかとの、メルヒオール様のお言葉で……」

「わかった。検討しよう」

年配の事業者風の男が口を開いた。

「決定ではないのですか？」

「諸君らの業務実績を書類上で見れば問題はないが、ここは帝国の中でも特殊な土地だからな。他の領地よりも魔獣が多く生息する自然環境、冬の豪雪——この条件は普通に生活するだけでも二の足を踏むだろう。まして、ここで事業を起こせるかどうかは、未知数だ。とりあえず、二年の滞在と事業展開を許可する」

　ヴィクトリアではなくアレクシスの発言に、彼らは視線だけでアイコンタクトをする。

「やはり魔獣との危険が隣り合わせだし、従業員から冬の厳しい寒さに耐えられないという声があがるかもしれないだろう？」

「結果を出せば、ここでの事業を正式に許可いただけるということで？」

　ヴィクトリアはアレクシスを見る。

　事業者の代表たちはほっとした様子だった。

「その通りだ。決済の書類を官公庁に回しておく。期待している」

「ありがとうございます！　では、失礼いたします！」

　安堵《あんど》の表情を浮かべ、彼らは領主館を後にした。


　事業者たちは領主館の門外に出ると、互いに顔を見合わせていた。

　誰もが安心したように、明るい表情を浮かべていた。

　子爵領を出る時は不安しかなかった。

　それまでの財産はほぼ子爵領に税として徴収されたうえ、事業のための人員や道具を確保しなければならなかった。

　そして移動のための道も、普通ならば魔獣を警戒して整備の行き届いた街道を行くところを、一刻も早く移動したい一心で、魔獣に遭遇しないよう祈りながら、かつて使用されていた旧道を通ってこの辺境領にやってきた。

そして先ほど、この辺境領の領主に謁見が叶《かな》い、一時的とはいえ、移住の許可が下りたことに喜びが隠し切れない様子だ。

「辺境領は自然の要塞だからな……ここまでくれば奴らも手は出せないだろう」

「ああ……これで……ハンフリート様の身は安全だ」

年配の者たちは、年若い渉外役の青年に視線を向けた。

「みんな、ありがとう。苦労をかける」

青年――ハンフリートの言葉に、皆は首を横に振る。

彼こそが、シュリック子爵領の当主の曽孫《ひまご》である人物だった。

「何をおっしゃいますか。ハンフリート様がこちらへ逃亡する際、領主様の私兵ではなく我々を選んでくださったことには感謝しかありません」

「曽祖父様《ひいじいさま》と子爵領を支えてくれていたみんなを連れて来るのは当然だ。それもこれもエルステンベルク公子、メルヒオール様のご助力がなければここまで来られなかった。私もちゃんと働くから、みんなもここで頑張ろう。この辺境領の領民は働き者という話だし、我々もそれに倣《なら》わないと」

「それにしても、意外でしたな。フォルクヴァルツ閣下が会見に立ち会うなんて……この辺境領は軍の新たな拠点となる場所で、閣下は軍務に専念し、ヴィクトリア殿下が内政に関与されていられると思っていたのだが」

「……ハンフリート様の兄上マテウス様と同じお年とは思えない貫禄がありましたな」

実兄の名前を耳にしたハンフリートは、目を伏せた。

――いいか、ハンフリート、もうここはダメだ。領主である曾祖父様の権勢は衰えた。こんな内紛が続けばお前の命も危ない。だからお前は辺境領へ移住しろ、曾祖父様からお話があるはずだからそれに従うんだ。

文学青年そのものといった気の弱そうな自分の兄が――もしかして自分よりも弱いと思っていた兄が、自分を助けるためにそう告げた。

――僕と違って、お前は人の上に立つ資質がある。彼らと一緒ならば開発中の辺境領はお前を受け入れてくれる。北は寒いが、なに、死ぬほどではないだろう。

絵画や彫刻、文学や演劇などの芸術方面にうつつを抜かし、領地の統治に興味も関心もなくて一族の中でも世間知らずでおめでたい、放蕩者《ほうとうもの》と評された兄。

自分たちをこの辺境へ逃すために一芝居打って、領内の注目を集めていたからこそ、この移動ができたことを他の者たちは知らない。

そんな策を練ることができるのだから、最初から兄が子爵領の後継者として統治に関わってくれていれば、自分だって兄を支えたのにと、ハンフリートは言い募った。

しかし兄は手を振って「ムリムリ、僕、基本的に人付き合いはお前と違って下手だから」と言ってハンフリートに苦笑を向けた。

「趣味に没頭する放蕩者《ほうとうもの》って評価は事実だし、そのため、結果的には後継者争いから逃れることができた。でもその結果、人の上に立つ資質があるお前の方が叔父たちに狙われることになってしまった」

――だから逃げろ、ハンフリート。

兄マテウスは、美術品の鑑定をしてもらいに行くんだと言い張り、帝都まで続く街道沿いで叔父たちの注目を集めるような騒ぎを起こして、その隙にハンフリートたちは道なき道を進んでこの辺境領までたどり着くことができた。

「フォルクヴァルツ閣下の武勇は帝国で知らない者はいないし、実績を買われて皇女殿下を下賜された御仁なのだから。さ、官公庁へ手続きに行こう」

ハンフリートは皆を促して、街へと向けて歩きだした。

ヴィクトリアは窓から領主館の門の外を眺める。前庭が広いので、先ほどまで会見をしていた移住を希望する者たちの姿は見えない。

「海産物の加工以外はハルトマン伯爵領と被《かぶ》りますが……悪くはありませんよね」

そう呟《つぶや》いてヴィクトリアはくるりとアレクシスを振り返るが、彼はデスクに座ったまま、会見していた彼らの身上書を見つめていた。

ヴィクトリアはむうっと口を尖《とが》らせて、えい、とデスクと彼の間に小さな身体を割り込ませ、よいしょと彼の膝の上に乗ろうとする。まるで子供が父親の膝の上に乗るような仕草だとセバスチャンは眉間に寄った皺《しわ》を指で押さえた。

アレクシスも驚いたが、それはほんの一瞬で、自分の膝に乗ろうとしているヴィクトリアを片腕でかかえて、安定するように自分の膝の上に座らせてやった。

その時ノックと同時にドアが開いて、メルヒオールが顔を覗《のぞ》かせた。

「義兄上《あにうえ》」

「僕の推薦した人たちが来たみたいだから。どうだった？」

正面のデスクにアレクシスが座っているが、その膝にヴィクトリアを乗せて書類に視線を落としている様子が目に入り、メルヒオールは呆《あき》れ気味に言った。

「トリアちゃんどこに座ってるの？」

「黒騎士様と仲良く一緒にお仕事です。何か問題が？」

一国の、いや帝国の姫としてそれはないんじゃないかと、メルヒオールは思う。

「だって、だって、いつも一緒じゃないんですよ！　ウィンター・ローゼに来ても、わたしも黒騎士様もお仕事してるんですもの、一緒の時は少しでも近くにいたいの！　義兄上《あにうえ》だって、マルグリッド姉上を膝に乗せていちゃいちゃしてる時ありませんか!?」

この子はどこでそんなところを見たのかと、メルヒオールは頭を押さえる。

それでも、帝国で最も恐ろしいと言われるその男は、ヴィクトリアのそんな行動を拒否することもなく、書類を読みつつ、その腕に手を添える彼女にも書類が見えるような姿勢を保っている。

メルヒオールは眉間の皺《しわ》を伸ばしていたセバスチャンに小声で尋ねる。

「いつもこうなのか？」

「……」

ヴィクトリアの淑女らしからぬ行為についての質問だということはわかる。しかしセバスチャンは「この辺境領において殿下の行動は、帝都皇城の時とは異なります」としか言えない。

「ねえ、メルヒオール義兄上、この食品加工事業は嬉《うれ》しいけど、その他はなぜエリザベー

ト姉上のいるハルトマン伯爵領ではなく、このシュワルツ・レーヴェ領に推薦したの？」

大好きな黒騎士様の膝の上で甘えているヴィクトリアの声は無邪気そのものだが、質問の内容は無邪気さとかけ離れたものだった。

「僕は最初、彼らにエリザベート殿下が再建されているハルトマン伯爵領への移住を勧めていたんだ。でもエリザベート殿下が『ヴィクトリアの方へ』とおっしゃってね」

「あら」

「彼女の発言は皇帝陛下の次に絶対だ。可愛い末の妹に人材を分け与えたい、ということじゃないかな？」

それを聞き、ヴィクトリアは推薦状をじっと見つめた。


――違う。エリザベート姉上はわたしにはお優しいけれど、この人材ならエリザベート姉上が欲しがるでしょう。農業から工業へと産業を切り替えている最中ですもの。農業しか知らない領民に指導するには、彼らはうってつけの人材。それをこっちにあえて回すということは、姉上は別のお考えをお持ちなのよ。


「ねえ、黒騎士様、彼らを連れて、一度ハルトマン伯爵領へ行ってみませんか？」

まるで「どこかへ旅行したいの」と父親にせがむ娘のような言い方ではあるが、彼らを連れてと言うからには、この小さな姫君は何か思惑があるのだと、アレクシスは感じた。

「今なら、ここにはメルヒオール義兄上《あにうえ》がいらっしゃるし、体調を崩されていても、マルグリッド姉上もご一緒ですもの。わたしたちがウィンター・ローゼを留守にしても、お二人にお任せすれば大丈夫でしょ？」

アレクシスは書類から顔を上げてメルヒオールを見つめる。

「はいはい、お留守番あいつとめますとも」

メルヒオールは両手を広げて、肩をすくめる仕草をする。ヴィクトリアとのやりとりでは彼は全面降伏らしい。勝てたためしがないというところだろう。

「マルグリッドの体調は大丈夫だろうけど、早く戻ってきてね」

「何かあったら、すぐに飛んで帰ります」

ヴィクトリアの言葉に、執務室の隣に設置してある引き戸をさりげなく見て、アレクシスも頷《うなず》く。

「途中の学園都市の施工の様子も見ておきたいし、ハルトマン伯爵領に最も近いイセル村もどうなっているか知りたいわ」

確かに、アルル村、エセル村、オルセ村、ニコル村の視察はしたが、イセル村はヴィクトリアが辺境領に入領してからは報告書に目を通すだけだった。

イセル村は、帝都からウィンター・ローゼに向かう際、最初に通過する村だ。人の往来はあまりない。村の者もどう対応しているか、気になるところでもあった。

「日程を調整しましょう、殿下」

「わー！　黒騎士様とお出かけ！　嬉《うれ》しい！」

ヴィクトリアはそう言うと、猫のようにぴょんとアレクシスの膝から離れて、その場をクルクルっと回って、アレクシスを見つめた。

アレクシスはその様子を見て目を眇《すが》めて微《かす》かに笑う。

そして何か指示を素早く書き記してセバスチャンに示すと、セバスチャンは恭《うやうや》しくそれを受け取った。


シュリック子爵領から来た移住希望の事業者たちの代表を伴い、ヴィクトリアとアレクシスはハルトマン伯爵領に向かった。途中で視察した学園都市建設予定地は、かなり下工事が進んでいる様子であった。

ここには以前、ヴィクトリアがウィンター・ローゼへ向かう時に魔法で建てた家屋があるが、改装と増築が進んでおり、ヴィクトリア自身も驚いた。

「わあ、ちょっと見ない間にすごく変わってる！」

「本当に外壁だけの状態でしたから、工務省が手入れをしたとの報告は受けておりました。事務所と宿泊スペースを区切っているようですすよ」

アレクシスがそう言うと、ヴィクトリアはうんうんと頷《うなず》く。

視察の一行を出迎えたのは工務省の責任者と宿屋の店主で、宿屋の店主には見覚えがあった。ウィンター・ローゼの街を最初に視察した日に、軽食の屋台を出していた若夫婦だった。

「えー！　ウィンター・ローゼで屋台をしていたペーターさんとアンナさん！」

女将《おかみ》のアンナは、ウィンター・ローゼで起きた事件の被害者の一人だ。アレクシスはそれを知って、彼らをここに移動させた。事件については緘口令《かんこうれい》を敷いたが、未遂だったとはいえならず者に襲われた事実は噂《うわさ》となって女将を傷つけるに違いないと考え、この学園都市予定地の宿に常駐させようと、アレクシスが話を二人に持っていったのだ。

辺境領の人々は強いとヴィクトリアは評したけれど、この夫婦二人も芯のしっかりした性質で、アレクシスの話に感謝して、この宿で働くためにウィンター・ローゼからここに越してきたのだった。

「領主様、姫様、ようこそおいでくださいました」

ペーターが辺境の訛《なま》りのない言葉で、ヴィクトリアを出迎える。

学園予定地はイセル村からウィンター・ローゼまでの途中にある。庶民だけではなく貴族や富裕層も利用することがある。そのため、ここはアクアパークやウィンター・ローゼの高級な宿で働く者を対象に研修を受けさせる場としても活用している。

その研修の成果で、鄙《ひな》びた田舎の領民である二人も言葉の訛《なま》りを矯正し、こうして接客に励んでいる。客商売としてもっと上を目指したいという向上心もあり、高級ホテルの総支配人の経験のあるバッヘムの指導の下、今はこの宿の責任者に抜擢されていた。

ヴィクトリアと共にハルトマン伯爵領に向かう事業者たちは、この宿が元々はヴィクトリアが魔法で作り上げたと聞き、建物のあちこちを見学している。

二人は彼らの案内をアンナとペーターに任せ、挨拶に来たこの学園都市設計を担当している工務省の責任者と話をした。

「ヴィクトリア殿下が建ててくださったこの家屋があるので、我々も作業がはかどります。現在魔獣除《よ》けの魔石を設置して、冬前には建設ドームが完成します」

説明をしたのは、ボリス・フォン・バルデンという人物だった。彼は貴族位はあるが領地を持たない男爵家の三男で、工務省に入省した。平民であるコンラートが上司だが、そんなことを気にするような人物ではなく、コンラートを認めているだけでなく、コンラートとはどうやら幼馴染《おさななじみ》らしい。

冬の厳しいこの辺境領での建設では、雪が最大の問題だ。建設ドームは太陽光を遮るが、雪も遮蔽するため、ウィンター・ローゼ建設の際もドームを使用したと言われている。その説明を受けたヴィクトリアは魔石に刻まれている魔術式を見る。

「ねえ、ボリスさん、この魔石の魔術式を変えても大丈夫？」

「え？」

「建設ドームって、雪も風も雨も遮断するけど、太陽光も通さないと聞いています」

「その通りです」

「暗い中で工事するのですか？」

「はい、その際は光明の魔法を使います」

「この魔石に透明化の魔術式を組めば、明るくなるのでは？」

ボリスは瞬きをしてヴィクトリアに尋ねる。

「できるのですか？」

「ロッテ様に教えてもらいました」

「魔導開発局の!?」

「はい」

「ぜ、ぜひお願いします！」

学園都市は六芒星《ろくぼうせい》の形に建物が配置され、線を繋《つな》ぐ点の部分に、魔獣除けの術式を施した魔石を設置する予定である。

ヴィクトリアが魔獣除けの術式を施された魔石に、透明化の術式を書き加えた。

「これを設置して、透明化ができるか試してみてください。それで成功したら、ボリスさんが術式を書き換えていけば大丈夫でしょ？」

工務省がヴィクトリアと同じように魔獣除《よ》けに加えて、建設ドームの透明化の術式を作れれば、学園都市の設計が予定よりもスムーズに進む。さらに光明の魔導具設置の予算も削減されるはずだ。

「この魔石で成功したら報告書を上げてください。魔導開発局に術式変更を知らせれば、今後は建設ドームが改良されていくでしょうから」

「御意《ぎょい》」

アレクシスはその様子を見て、意外だった。以前のヴィクトリアならば、彼女自身が魔石の術式を書き換えてそれを彼らに渡していたはずだ。すべて自分でやってみせて、任せることはしなかった。

「意外でした」

アレクシスの言葉に、ヴィクトリアは何が、と小首をかしげる。

「なんでも殿下が率先して執り行うと思っていたので」

「それだと面白くないです。きっとボリスさんは、他のことにも応用してくださるでしょ？　工務省のスタッフは有能です。それに、黒騎士様がおっしゃったではないですか」

「はい？」

「父陛下も黒騎士様も、わたしが企画立案をしても、実行するのは部下って」

娼館《しょうかん》を建てる際にヴィクトリアに伝えた言葉のことを言っているのだと、アレクシスは思い出した。

ヴィクトリアは、魔術で羽ペンを扇に変えた。

「なんでもやってみたいけれど、みんなで作る街ですものね」

「でも見本は見せる、と」

さきほどヴィクトリアが施した魔石の魔術式のことを言う。

「えー、黒騎士様だって見本は見せるでしょう？」

実際アレクシスも第七師団を任されるまでは、もっと直接、自分が仕事をしていたと思う。だから今の地位に就いた時に、もどかしいと感じたこともあった。

「そう思われますか？」

「だって、黒騎士様はお優しいもの！　絶対いろいろ手を貸してしまうの！」

そう言って、彼女は扇を口元に当ててクスクスと忍び笑いを漏らした。

その幼い容姿にそぐわない仕草だったが、彼女の実年齢は十六歳だ。十六歳の令嬢ならば、その仕草はおかしくはない。ただヴィクトリアの場合はその幼い容姿のままの子供のような仕草も見せるので、その落差が激しい。

「イセル村も楽しみですが、何事もなければ、ハルトマン伯爵領に早く入りたいですね。エリザベート姉上にお会いしたい」

そして翌日。途中で通ったイセル村も、小さな街ぐらいの様相になっていた。ハルトマン伯爵領に近いので、そこから職を求めて移住してくる者もいる。

人口が増えることでささいな問題が起きることもあるが、そこは駐屯している第七師団の小隊が上手にとりなしているようで、アレクシスもヴィクトリアも安心してハルトマン伯爵領へと入った。


「自分の領内をこの機会に回ってみたのですが、領主館のある中央よりも、隣の領に近接する土地の方が、僕の魔力が通じるというか、植物の育成が可能なんだ。その原因をエリザベート殿下が調査しているんだよ」

ハルトマン伯爵領に入ると、シュワルツ・レーヴェに隣接する村で、護衛の第一師団の小隊とともに、ハルトマン伯本人がヴィクトリア一行を出迎えてくれた。

「詳細な報告書はエリザベート殿下に上がっていると思うので、お尋ねしてみては？」

痩せた土地と言われているハルトマン伯爵領だが、辺境領との境は農作業が可能のようで、彼自身も頻繁に視察しているようだった。

自給自足するには心もとないが、紡績に必要な麻や綿などの育成も、彼主導でこの地域で行われていた。

「エリザベート殿下から伺っていますが、工場の視察とか」

「はい。辺境領シュワルツ・レーヴェでも、新たに紡績や陶器などの製造を考えていて、姉上にいろいろ教えていただきたくて」

ヴィクトリアのはきはきした答えを、ハルトマン伯爵は穏やかな笑顔で頷《うなず》きながら聞いている。彼に案内されて領主館にいるエリザベートを尋ねると、エリザベートはヴィクトリアを笑顔で出迎えた。

ちなみに同行したシュリック領からの事業者たちは、別室に案内されて、領主であるハルトマン伯爵が彼らの事業について対応にあたっていた。

ヴィクトリアとアレクシスは執務室に通され、仲良し姉妹が顔を合わせているのが微笑《ほほえ》ましいのか、執事も嬉《うれ》しそうにお茶を用意して客に勧めた。

「馬車でよくここまで来たな、マルグリッドの様子はどうだ？」

「なんだかつわりがひどそうです。でも屋敷内のメイドたちは、軽い方ですと言ってました」

「そうか、大事にせねばな……もしかしたら、この国を私の次に継ぐかもしれないのだから」

「マルグリッド姉上のお子様が世継ぎになるのですか？　エリザベート姉上が結婚してお子を成せばよろしいのでは？　エリザベート姉上に似て才色兼備となるでしょう」

「相変わらず簡単に言ってくれるな、ヴィクトリア。メルヒオールにからかわれるのも道理だぞ」

エリザベートにそう言われて、ヴィクトリアは頬を膨らます。

「同行の者たちはシュリック子爵領から移住する事業者とのことだが、見学は明日にするといい。もう夜だからな。工場も閉めている」

「はい……それと、お尋ねしたいことがあったのです。マルグリッド姉上とメルヒオール義兄上《あにうえ》からの紹介ですが、エリザベート姉上はどうして彼らをシュワルツ・レーヴェへよこしたのですか？」

「シュリック子爵領とシュワルツ・レーヴェ領は隣接してるだろう？　近いからな」

やはり単純に距離の問題なのかとヴィクトリアは思案する。

末の妹の考え込む表情を見て、エリザベートはどこか楽しげだ。

「距離の問題だけではありませんよね？」

アレクシスが聞くと、エリザベートは表情を変えずに頷《うなず》く。

「これを見てくれ。ハルトマン伯爵領における地質調査、そして以前ヴィクトリアが辺境領に行く前に第七師団で調査してもらった地質調査だ」

エリザベートはこのハルトマン伯爵領に入り、領地内を調査した。

辺境は魔素が強くて、他の地とは生態系も異なる。魔獣が多いことや植物の育成が違うのはそのためだ。これは初代皇帝が辺境領の魔獣対策のために敷いた魔石と術式のせいだと判明した。設置されたのはかなり昔だが、時代とともにハルトマン伯爵領も領地を広げたこともあり、作物の育成が可能な場所は、現在はその魔獣除《よ》けの魔石から外れている。

この魔獣除けの魔石は、かなり広域にわたっており、現在の辺境領シュワルツ・レーヴェの領域にも及んでいる。

今回ハルトマン伯爵が、ヴィクトリアたちを出迎えた村の近辺も外れているらしい。

そこだけはやけに植物の育成が良好だ。何代か前のハルトマン伯爵はそこに目をつけ、品質を向上させて農業を基盤としたようだった。

「鉄道が開通するまでは、そちらの領地でいろいろと作ってみてはどうかと思ってな。伯爵領の再建が上手くいきそうだからな。辺境への移住者が予想より少なかっただろう？」

執事が丁寧に入れたお茶をヴィクトリアは口にしながら、姉の言葉を聞いた。

「辺境領の動植物の生態系は帝国の他の領地とは異質。魔素が多い。ガラス一つとっても、他の領地で生産されるものとは強度や透明度が違う。鉄道ができるまでは素材の流通を見合わせよう。その代わりにそちらの素材で彼らに作ってもらえ。もちろん商品はこのハルトマン伯爵領から他領に卸す。ここで辺境領を優先すると、うるさい貴族や商人の反感もあろう」

ヴィクトリアとアレクシスは顔を見合わせる。

エリザベートが乗り出した領地再建に、一枚噛《か》ませろなどと言ってくる貴族もいるのだろうと二人は思った。

そして、お家騒動があるシュリック子爵領の彼らを受け入れるとなると、その領地が法外な取引をもちかけたり難癖をつけてくる可能性もある。

この二人ならばそれを上手くあしらえると判断したらしい。

エリザベートの思惑を読んで、ヴィクトリアは考え込む。

「現在この伯爵領は工務省と魔導開発局の協力もあって、工場も増えている。トリアのところにロッテを回そう。魔導開発局のロッテなら、魔獣の素材で商品を作るなど。新しいアイデアも出てくるかもしれない」

「従来の製品とは違うモノができて、売れるかもしれないと？」

アレクシスの言葉にエリザベートは頷《うなず》く。

「魔獣の肉が意外と旨かったからな、食材だけではなく、魔獣から採取した素材で従来とは異なる製品ができるかもしれないだろう？　そういうところで試行錯誤してほしいので、実績のある事業者たちをそちらに行かせたのだ」

「了解しました」

「紡績は、麻や綿などはこちらでも自給できるが、絹はなかなか……。できれば絹を中心にやってほしいところだ。動物系の魔獣だけではなく植物や虫も独特なものが生息してるようだし、自国の貴族や他国にも需要が見込める」

ヴィクトリアも熱心に頷いている。

「姉上、羊毛はどうでしょう？」

「羊毛？」

「シュワルツ・レーヴェのアルル村では羊毛を扱っています。村の生産の規模は小さいですが、質はフォルストナー商会のお墨付きです」

「羊毛か……そういえばヴィクトリアが手紙にも記していたがそれもいいな。冬に向けてそちらでも需要はあるだろうが」

「サンプルを持ってきました。試しに製品化してみてください」

「うむ、担当に連絡をつけておく。ところでそろそろ夕食か。以前ここを通過した時よりは流通がよくなっている。ハルトマン伯爵領を仲卸の場にするため、商人にも通達しているからな。商人の出入りが多くなり、各領地からの食材が増えて、食糧事情も少し改善された。シュワルツ・レーヴェには劣るが悪くはないぞ。期待してくれ」

「料理は素材もですが腕も大事ですよ、姉上。そして何よりみんなで食べると美味《おい》しいです」

「そうだな」

「ちなみに、羊肉も用意してきました！　さっそく領主館の料理長に届けてきます！　アメリア！　届けに行きましょう？」

　ヴィクトリアは素早くドアを開けて、ドアの外に控えていたアメリアに声をかけると、足早に部屋を出ていく。

「それで、ヴィクトリアの体調不良は相変わらずなのか？」

はしゃいで部屋を飛び出していった末の妹の後ろ姿を見送りながら、エリザベートはアレクシスに尋ねる。

「エリザベート殿下がお忍びでウィンター・ローゼにお越しになられた後、領地内の村々を視察されたのですが、それ以降、たびたび発熱されるご様子です」

「ふむ……」

畳んだ扇を手で弄《もてあそ》ぶエリザベート。その仕草はヴィクトリアも時折してみせる。無意識で姉を真似ているのだと、アレクシスは思う。

ヴィクトリアがするその仕草は、その容姿から子供が大人ぶって背伸びしているように周囲には見られるが、目の前のエリザベートがそれをすると、ただでさえ威厳があるのに、さらにそれが増すようだ。

「ここに滞在している間は、私もあの子の様子に気を配ろう。その間、フォルクヴァルツ卿《きょう》も羽を伸ばしたらいい」

「お心遣いありがとうございます。エリザベート殿下」

目の前の皇女はヴィクトリア同様、アレクシスを恐れるそぶりもなく、表情を変えずに彼の言葉を聞いていたが、礼を述べた後に続けた彼の言葉に、目を見張った。

「ですが、この身はヴィクトリア殿下の盾ですので」

そこは「婚約者ですから」と言わないのか……とエリザベートは思ったが、口には出さなかった。その代わり「五十点だな」と呟《つぶや》く。

アレクシスは何が五十点なのだろうと微《かす》かに首を傾げて思案する。

「模範的回答すぎるから五十点。メルヒオールなんかはそこのところ、そつなく上手く答えてみせるぞ。メルヒオールは生意気なところが面白くてな」

あの第三皇女を射止めた貴公子の中の貴公子だ。

その人物を引き合いに出すとは、基準が違いすぎるとアレクシスは内心思っていた。

「卿は見たままだが、メルヒオールよりも義弟としては可愛いげがあるし、構いがいがある。そうだろう？　ミヒャエル」

エリザベートは、静かにたたずむ老齢の執事に同意を求める。

老齢の執事はうっすら微笑《ほほえ》んだまま、流れるような手つきで飲み終わったティーカップを下げていく。

「エリザベート殿下。あまり構いすぎると、妹殿下のご不興を買われますぞ」

執事の言葉にエリザベートは破顔した。

帝国の次期皇帝、威風堂々とした統治者。そう言われる彼女は、意外にも気さくな方なのかもしれないとアレクシスは思った。

「エリザベート殿下は、シュリック子爵領の内情はご存じですか?」

アレクシスの質問を耳にして、エリザベートは器用に片眉を上げてみせる。

「メルヒオールからだいたい聞いている。シュリック子爵領はシュワルツ・レーヴェ領と同様、帝国では珍しく海に面している。以前のニコル村とは比較にならないほどの塩の生産で収益を上げていたが、近年生産量がふるわなくてな……」

昨年から、皇帝が同盟国であるサーハシャハルからの輸入を増やしたようで、それでも市場の塩の値は上がっているそうだ。ちなみに砂糖も輸入しているので、塩だけでも、自国で生産を増やしたいのが皇帝の意向だという。辺境領の早期開拓は、そういう理由もあるとエリザベートは告げた。

「レサーク公国からの輸入でも足りなかったと?」

「玄関口がシュリック子爵領だ。元々シュリック子爵領は中継ぎだからな。人口が増えているということもあるが……それにしても、収益は年々減少の一途、レサーク公国からの輸入も同様だ。公国の方からも陳情があってな、どうにも輸入量が合わないと。高齢のシュリック領主がボケたのか、それとも他に何かあるのか、どちらかだろうが、私は後者とみている。二十年ぐらいも家督争いが続いているから、それを二十年間抑えた当主ヨハン・シュリックも限界なのだろうよ。フォルクヴァルツ卿《きょう》も辺境領の統治で忙しいだろうが、隣接する領の状態を把握するのは領主としての仕事だ。いい機会だから、そこは卿の幼馴染《おさななじみ》でもあるハルトマン伯爵にも相談するといい」

エリザベートは立ち上がると、アレクシスも追従する。

「それにしても意外だったな」

「はい？」

「軍務に注力して、内政はヴィクトリアに丸投げかと思っていたが……むしろヴィクトリアが出張ってやりたい放題かとも思っていたのだが……」

「姉上、姉上！」

ヴィクトリアがアメリアを従えて戻ってきたので、エリザベートはその手でヴィクトリアの前髪をかき分けてひと撫《な》でした。

――それだけ、トリアが体調を崩しているということか……。

今エリザベートの前にいる末の妹は、はしゃいでいる様子だが、この姿を知っていれば、熱を出して寝込む様子を目にしたら自分も気を揉《も》むだろう。

「姉上？」

「いや、黒騎士はお前のことが大好きなんだろうな」

ヴィクトリアはぱあっと顔を輝かせる。

「えー！　黒騎士様、わたしのこと好き⁉　本当⁉」

エリザベートの手から離れ、後ろに追従しているアレクシスの前に飛び出してそんなことを尋ねる小さな皇女殿下を、アレクシスはいつものように片腕で抱き上げて、無言を貫いた。

四話　マルグリッド姉上の置き土産

ハルトマン伯爵領の視察を終えて、ヴィクトリアたちはシュワルツ・レーヴェ領の新街ウィンター・ローゼに帰還した。

このシュワルツ・レーヴェで新たに事業を展開するためにシュリック領から移住してきた事業者たちも、ハルトマン伯爵領で工場見学をして、感銘を受けたようだ。

「わたしなどは紡績をやっておりましたが、見せていただいた工場の最新技術や規模は素晴らしいものでした。こんな機会はなかなかないでしょう。感謝の念に堪えません、フォルクヴァルツ閣下、ヴィクトリア殿下」

「それでシュリック子爵領から移住してきた貴兄らには、各自が今まで子爵領で展開してきた事業を、それぞれの村で行ってもらう。今回参加しなかった海産物加工を事業としてきた者たちは、すでにニコル村に移住してもらっている。このシュワルツ・レーヴェでもさらに食品加工の事業を増やしていきたいし、塩の製造も任せたい。エリザベート殿下から魔導開発局の顧問を派遣してもらったので、そのスタッフも現在ニコル村にいる」

アレクシスの言葉を聞きながら、ヴィクトリアは羽ペンをくるくると手元で回している。アレクシスがさらに続ける。

「オルセ村を拡張して陶器の生産を任せ、紡績関係はアルル村近くに場所を取りたい。本来ならばアルル村を拡張するべきだが、あそこはあのままにしておきたいのでな」

「はい」

彼らが出立する日程をセバスチャンが渡したところで、ヴィクトリアが口を開いた。

「ニコル村、オルセ村へ行かれる方々は村の拡張次第、急いで現地に向かってもらいますが、アルル村紡績担当の方は、ウィンター・ローゼにて、準備を行ってください」

シュワルツ・レーヴェ開発担当の工務省の仕事は早いのだが、何もないアルル村近辺に建設する紡績工場は、少し時間がかかるとヴィクトリアは見ていた。

ヴィクトリア自身が赴けば、工場の外枠ならば一瞬で完成させられるが、ヴィクトリアはそうしなかった。

彼らが執務室を出ると、ヴィクトリアはため息をつく。

本来ならば、率先して現地へ赴き、彼らの仕事場を整えたはずなのだが、それをしなかったのには理由があった。

羽ペンはヴィクトリアの小さな手の中で、いつもの髪飾りに戻っていた。

指先でクルクルと回していた羽ペンをいつものように髪飾りの装飾に戻したかったのだが、普段より時間がかかっている。ペンから髪飾りに戻ったそれを見つめ、ヴィクトリアは考え込む。

——魔力の制御が上手くいかない……。もしかしてこれが、母上のおっしゃっていた魔力の使い過ぎに注意ということなの？

冬、雪が降る前に、高架橋の設置を行う——先日ハルトマン伯爵領へ行った際に、エリザベートとそういう話をした。

長距離にわたって魔術式を行使するならば、念のために魔力は温存しておいた方がいいとヴィクトリアは思ったのだ。

「いかがされました殿下？」

アレクシスの言葉に、ヴィクトリアは顔を上げる。

——魔力が使えなくなったら、黒騎士様には価値のない子とか思われちゃうかな？

ここに来るまで、自分の魔力で開拓をごり押ししてきたことを自覚しているだけあって、ヴィクトリアは不安になる。しかしあまりネガティブな感情を抱えていると、また元気がないのを案じて、アレクシスがミリアをこの領主館に呼ぶかもしれない。

それを想像したから、ニコニコと笑顔を見せる。

するとノックが聞こえ、セバスチャンがドアを開けると、アメリアがドアの外に立っている。

「閣下、姫様にお客様です」

「客？」

「ヴァルタースハウゼン閣下とヒルデガルド殿下がお見えになりました」

ディートヘルム・フォン・ヴァルタースハウゼン。諜報《ちょうほう》部隊の第四師団の師団長であり、軍の高官だ。先ぶれもなしなのは、彼自身が転移魔法の使い手であるからだろう。そしてヴィクトリアの二番目の姉であるヒルデガルドも一緒……。

ヒルデガルド来訪の理由は、なんとなくヴィクトリアにはわかる。夏期休暇になったのでこちらへ遊びに来た、もしくはマルグリッドの様子を見に来たというところだろう。

だが、軍高官のヴァルタースハウゼン卿《きょう》の来訪は、理由が想像もできない。軍港関連の視察だろうかとも考えた。

「応接室にお通ししました」

アレクシスは立ち上がって、ヴィクトリアの手を取った。

「黒騎士様、抱っこしなくてもいいですよ」

でも、立ち上がったヴィクトリアをいつものように抱き上げる。

「そういうお顔の時は、あまり体調がすぐれないので」

「体調は良いです」

ただ魔力が不安定なのです、とヴィクトリアは内心で思うが、アレクシスの腕に抱き上げられるのは嬉《うれ》しいので、黙ってそのままでいた。

応接室の前でヴィクトリアを下ろすと、セバスチャンがドアを開ける。

「ヴィクトリア！」

ヒルデガルドが立ち上がり、両手を広げる。

「ヒルダ姉上！　お久しぶりでございます！」

ヴィクトリアがヒルデガルドに走り寄ると、姉上はヴィクトリアを抱き上げた。

「いきなりですまなかったな、夏季休暇なので、ヴェルタースハウゼン閣下に頼んで連れてきてもらったんだ」

もちろん、そんな私用に軍の高官を巻き込むことはない。皇城にある転移魔法陣を使用すれば済むことなのだから。この第四師団長を伴うのならば、仕事がらみであることは推測できた。

ヴァルタースハウゼンは、ヒルデガルドが抱き上げたヴィクトリアを見つめる。

「ようこそ、閣下。はるばるこのウィンター・ローゼまで、黒騎士様とお仕事のお話ですか？」

ヴィクトリアが言うと、彼は肩を揺すって笑った。ヴァルタースハウゼンは、軍高官の中ではアレクシスの次に体格がいい。

「ご機嫌よう、第六皇女殿下。アレクシスとの仕事は半分、あとはヒルデガルド殿下同様、夏期休暇でございます。何しろ辺境領は温泉や遊興施設なども数多く建設されていると、帝都でもその噂《うわさ》でもちきりですからな」

ヴィクトリアは、ヒルデガルドとヴァルタースハウゼンの顔を見つめる。

「で？　本当のところはどうなんですか？」

「マルグリッド殿下がご懐妊と伺ったので、飛んできました。ウチの領地で安全にご出産をと！」

「そんなことしたら、不安しかないでしょう」

アレクシスがぼそりと呟《つぶや》く。

だいたいなぜこのヴァルタースハウゼンがそんなことを言いだすのかといえば、マルグリッド殿下にはぜひぜひ、ウチの息子にご降嫁《こうか》をと、懇願した過去がある
息子の嫁ではなく、彼自身が申し込みたかったのではと、彼の同期で軍務尚書《ぐんむしょうしょ》のバルリング候爵が揶揄《やゆ》したことがあるほどで、現フェルステンベルク当主とは最後の最後まで争奪戦を繰り広げ、結局マルグリッドがメルヒオールと結婚したことで終わった話なのだが、いまだに彼は第三皇女殿下の信奉者《ファン》だ。

「何を言うアレクシス、マルグリッド殿下の初めてのお子だぞ！　ワシが守らずして誰がお守りするのだ」

宰相であるフェルステンベルク家が総力をあげて守るだろうと、アレクシスは心の中で突っ込みを入れる。

「というのは冗談だ。バルリングのヤツからの要請で、ニコル村の軍港と造船の状況を視察。あと他にもいろいろな」

「他にも？」

「シュリック子爵領の件だ。領地内のことだから内政干渉に当たるということで介入はしなかったのだが……少々問題が生じてな。現在、部下を派遣して調べさせている」

アレクシスが頷《うなず》く。

「実はこのシュワルツ・レーヴェにもシュリック子爵領からの移住者がいきなり増えたので、部下に調べるように手配しておりますが」

アレクシスの言葉に、ヴィクトリアは彼を見上げて言う。

「えー！　早い！　わたし、黒騎士様にご相談しようと思っていたのに！　いつ調査を命じられたのですか？」

「移住者が着いてすぐ、ハルトマン伯爵領へ行く前にです」

メルヒオールから、シュリック子爵領から来る移住者リストを見せてもらった時に、セバスチャンに渡した伝言は第七師団の軍庁舎にいる副官のルーカスへ届けられていた。

アレクシスの指令を受けたルーカスは、少人数の団員と弟に付いてきたフォルストナー商会の者にも協力を求め、シュリック子爵領へ潜入している。

「実働部隊といわれる第七師団の師団長は、意外にも策士で驚かれましたかな？　ヴィクトリア殿下」

「いいえ、驚きませんが、ますます好きになりました！　黒騎士様はわたしの旦那様になる方ですよ！　当然ではありませんか！」

グッと小さな手を握ってヴァルタースハウゼンに答えると、彼は愉快そうに笑う。

「でも、わたしが直接シュリック子爵領へ行ってみたかったです」

ヴィクトリアの発言を聞いたセバスチャンはため息を殺し、ヴァルタースハウゼンとヒルデガルドにお茶を給仕しながら、殿下はまたとんでもないことをおっしゃると思った。

この殿下のことだから、シュリック子爵領が気になるから行ってみたいと言い出すかもしれないとは思っていたが、案の定である。しかし今回は領主である黒騎士が先手を打っていたことに感心した。さすがに三か月も共にいれば、彼女の言いだしそうなことは予想できるのだろう。

「姉上と閣下は、こちらへは半分お仕事で半分は休暇とおっしゃいましたが、閣下はマルグリッド姉上の件で父上……皇帝陛下かフェルステンベルク家から依頼があったのでしょうか？　フェルステンベルク領か帝都皇城に移動されて、出産まで養生された方が安心でしょうから。ヴァルタースハウゼン閣下なら、マルグリッド姉上を転移魔法で移動させても大丈夫なのですか？」

「ええ、何度か懐妊中の方を転移魔法で移動させたこともございますから。胎児に影響も

ありません。ただ、マルグリッド殿下の体調を考慮したうえで、フェルステンベルク領へお戻ししないと、フェルステンベルク公爵夫人が単独でこちらへ向かいかねない勢いでしたので」

フェルステンベルク公爵夫人レオノーラは穏やかな印象の女性ではあるが、フットワークの軽さはヴィクトリアも知っているだけに、なるほどと思う。

とにかく、まずはマルグリッド殿下をお見舞いして、ご様子も確認しようと、皆は立ち上がり、応接室を出る。

「今、マルグリッド殿下はサンルームにいらっしゃいます」

アメリアがそう伝えると、セバスチャンを先導させてサンルームに向かう。

温室ではマルグリッドが、メルヒオールの隣に座っていた。それを囲むように、工務省の職員とコルネリアが控えている。

「マルグリッド姉上！　体調はいかがですか？」

「トリアちゃん……あら、ヒルダお姉様にヴァルタースハウゼン閣下……」

「マルグリッド、おめでとう！　夏季休暇だからついでに遊びにきたんだ」

マルグリッドとヒルデガルドが和やかに挨拶を交わす横で、メルヒオールとヴァルタースハウゼンが、早速睨《にら》み合っている。

「なんだ、この公子もいたのか」

ヴァルタースハウゼンの舌打ち交じりの言葉を耳にしたメルヒオールは、よそいきの笑顔を作る。

「自分の妻の傍《そば》にいて何が悪いのかわかりませんね」

「ワシの機嫌が悪くなるのだ」

ヒルデガルドとマルグリッドは二人の様子を見て「また始まった」と内心思う。睨み合う二人の横を何事もないように通り過ぎて、ヒルデガルドはマルグリッドの傍に寄る。

「大丈夫でしょうか、殿下」

アレクシスもヴィクトリアの後ろに付き従って声をかけるが、ヴィクトリアは「いつものことですから放っておきましょう」と、こともなげに言う。

マルグリッドを挟んだメルヒオールとヴァルタースハウゼンの反目と舌戦は、ヴィクトリアも知るところだ。二人にとっては挨拶のようなものであって、本気ではないのはわかっている。

それよりも、マルグリッドが何をしているのか気になったので、テーブルにある紙をその小さな手で取り上げる。

「これはここの領主館別館の設計図？」

「トリアちゃんが大浴場を別館に造ろうとか、別館にもゲストをもてなす何か面白いモノがないかなって言っていたでしょう？　だからちょっと考えたのよ、それでコルネリアに相談したら、コルネリアが工務省のカスパルを呼んでくれたの」

工務省建設局のデザイン部に所属しているカスパルは、建築デザインにおいては工務省でも高い評価を得ている。ウィンター・ローゼ内のアクアパークやクリスタル・パレスも彼がデザインしていた。もちろんこの領主館もである。

マルグリッドもその名を知っていたので、現在この辺境に配属されているならばと、呼び寄せたのだ。

「姉上……！　それで、姉上は何を考えてくださったのですか？」

「この領主館の正門から庭園は、温室の外観との調和も考慮されて素晴らしいけれど、裏門からはあまり手を入れてない状態で寂しい感じね？　だからゲスト用の浴室は裏の庭園を改装して建てたらどうかなって思って」

ヴィクトリアはうんうんと頷《うなず》くが、はっとする。自分にとっては楽しく心躍ることだが、本来は休暇で来ているマルグリッド。しかも、懐妊中となれば、こんなことをしてていいのかしらとヴィクトリアは心配する。

「ありがとうございます。ですが、マルグリッド姉上は休暇で来てくださったのに……」

ヴィクトリアの殊勝な言葉に、ヒルデガルドとマルグリッドは目を見合わせて噴き出した。姉二人の様子を見て、自分が何かおかしなことを言ったのだろうかと、ヴィクトリアは首を傾げる。

「トリアらしくない！」

「あらあら、婚約もして社交界デビューも済ませた末の妹の成長を、ヒルダお姉様がそうやって茶化してはいけませんよ」

それまでのヴィクトリアだったら、からかう二人の姉に対して、頬を膨らませて抗議するところだが、ヴィクトリアは改装の設計図に視線を落としている。

セバスチャンが、温室に入ってきたテオの伝言を受けてアレクシスに耳打ちすると、アレクシスはメルヒオールに大人げない対応をしているかつての上官に声をかけて、共にサンルームを出た。

「うちの《第七師団》偵察と閣下の出された偵察が現地で合流して、こちらに戻りました」

廊下に出るとアレクシスはヴァルタースハウゼンにそう告げ、彼と共に応接室に戻る。

応接室には、第四師団の団員二名と、第七師団のルーカスとクラウスがいた。いずれも軍服ではなく、偵察に赴いた時の商人風の服装のままだ。

上官の入室に四人は立ち上がり、敬礼をする。

アレクシスたちも敬礼を返す。

「それで、現地はどうだった？」

アレクシスの問いに、部下たちの中で最も階級が高いルーカスが代表で答える。

「お家騒動で統治がうまくいっていないため、治安が悪化しています。領内でも力のある商人や豪農などが幅を利かせていて、レサーク公国の国境線にある鉱山では互いの領民たちが一触即発で、レサーク公国から軍が派遣されるのは時間の問題でしょう。我々シュワルツ・レーヴェ側も実は多少被害があったようで、アルル村の羊が盗まれたと」

「そこもか……。実はシュリック子爵領の者が陛下に奏上してきたので、ワシが派遣されたのだが」

シュリック子爵領の当主の曽孫《ひまご》の一人が、改易をと希望してきた。従者を一人だけ伴い、街道を通って、バルリング軍務尚書《ぐんむしょうしょ》の領地へ到達すると力尽き、「軍務尚書にお取次ぎを。陛下に奏上したい旨がある」との言葉を残して意識を失ったという。

バルリングは、意識を取り戻したその男からシュリック子爵領の現状を聞いた。

「シュリック子爵はもうお年だからな。その統治能力も権勢も長くはないと踏んで、傍系の者どもが専横を極め、統治が乱れたという報告だったが、実際はどうなのかと陛下からも調査の下命を拝した」

そして、アレクシスから出した調査隊も軍務上層部から出した調査隊も意見が一致。

「ちなみに、街の様子なども、アレクシスから借りた魔導具で記録してきた。オレの少ない魔力でも稼働できている。さすがに魔導開発局が作った物だ」

ルーカスが小さな箱のようなものを取り出した。シュワルツ・レーヴェ視察の際にアメリアが使用していた魔導具だった。

「これは静止画だけの撮影だろう？」

アレクシスが尋ねると、ルーカスは首を横に振る。

「魔水晶球と同じだから動画も可能だった。音声も入っている」

ルーカスが動画を再生させると、ヴェルタースハウゼンはその動画を見つめて呟《つぶや》いた。

「ふむ充分な証拠になるな」

「ヴェルタースハウゼン閣下、マルグリッド殿下はただちにここから、フェルステンベルク領へお移りいただく方がよろしいでしょう」

「そうするか、大事な御身だ。ついでにヴィクトリア殿下もお連れするか？」

「……」

ルーカスはそのやり取りを見て、「絶対あの小さな殿下は、言うことなんか聞かないぞ」と内心思う。

アレクシス自身も、あのフェルステンベルク公子メルヒオールを口で言い負かすヴィクトリアを見ている。口下手な自分が彼女を説得できるはずがないのは理解している。

「相談しよう」

アレクシスがそう言うと、ルーカスとクラウスはあからさまにほっとしたような表情を浮かべた。娼館《しょうかん》を建てる際に起きたひと悶着《もんちゃく》が記憶に新しいだけに、アレクシスがヴィクトリアに危険であることを伝えようとする姿勢は、いい変化だと思った。

アレクシスたちがサンルームに戻ると、ヴィクトリアはまだ設計図を見ながら、傍《そば》にいるマルグリッドやヒルデガルドと何やら話し込んでいたが、アレクシスが戻ってきたことで顔を上げ、後ろにいる四人に視線を走らせた。

商人風の体裁をしているが、顔をよくよく見ると、四人のうち二人は、ヴィクトリアも見知っている顔だった。

ヴァルタースハウゼンがマルグリッドの前に進み出て膝を突き、騎士の礼を取った。

「マルグリッド殿下、どうか今すぐ、フェルステンベルクへお戻りください」

先ほどの気安さとは打って変わったヴァルタースハウゼンの口調に、マルグリッドはメルヒオールを見上げる。

元々、メルヒオールとマルグリッドがシュリック子爵領の事業者を紹介したのだ。二人は子爵領の内情も把握しているうえ、ヴァルタースハウゼンの後ろに控えている部下たちを見れば、どういう状況なのかはすぐに察した様子であった。

「いいわ。ただし、わたくしを送り届けたら、閣下はこちらにもう一度戻って、わたくしの代わりに夏期休暇をこの地で楽しんでくださる？」

微《かす》かに浮かべる笑みが、語り掛ける言葉が、貴族の淑女――もとい、これぞ大国の皇女と言わしめるもので、多くの若い貴族の令嬢たちがマルグリッドに対して称賛と感嘆のため息をつかせる姿そのものだった。

　そして、マルグリッドの言葉にはいろいろと含みがあるのだとヴィクトリアは思った。言葉通りではない。シュリック子爵領は現在、ただ事ではない状態であること。後ろに控えているアレクシスの部下のルーカスとクラウス、そしてヴァルタースハウゼンの部下二人は、その知らせを持ってきた。多分アレクシスも、シュリック子爵領の平定に動くだろう。

　それに手を貸すように、という意味だと悟った。

「我が姫の仰せのままに」

　マルグリッドはヴィクトリアの頬に手を当てて、そーっと撫《な》でる。

「もっと楽しみたかったけれど、残念ね。それを置き土産にして、わたくしは戻るわ」

　ヴィクトリアが手にしている設計図に視線を向けて言う。

「トリアちゃんも、うち《フェルステンベルク》に来る？」

　第四師団の師団長が「今すぐ」と言うからには、ここにいては危険だという意味であることは、ヴィクトリアも理解していた。

　しかしヴィクトリアは首を横に振る。

「わたしは、黒騎士様の花嫁ですから、ここ《シュワルツ・レーヴェ》にいます」

姉の言葉に従って自分がこの領地から離れれば、アレクシスが憂いなくシュリック子爵領に向かうことができるのはわかっている。

「黒騎士様がお留守になるなら、わたしはここにいて、領民を守ります」

「ふふ。そう言うと思った」

マルグリッドは差し伸べられたメルヒオールの手を取って立ち上がる。そして、はっと気が付いて、アレクシスとヴィクトリアに振り返る。

「そうそう、わたくしについてきた侍女と侍従たちは……」

「こちらで護衛をつけ、フェルステンベルクまでお送りいたします」

アレクシスが答えると、マルグリッドは頷《うなず》いた。

「閣下、頼みます」

メルヒオールがそう言うと、ヴェルタースハウゼンは頷く。

さきほどは険悪そうな雰囲気の二人だったのに、まるでそんなことがなかったかのようだ。

マルグリッドを挟んでの睨《にら》み合いと牽制《けんせい》の応酬は本気ではなく、ヴィクトリアやヒルデガルドが「また始まった。放っておこう」という対応だったのが改めて納得できる。

ヴァルタースハウゼンがマルグリッドとメルヒオールのすぐ横に立ち、腰に下げていた剣を外して鞘《さや》の先をサンルームの床にコンと打ち付けた。すると転移魔法陣が広がり、三人を包んだ。そして光が溢《あふ》れたと思うと、三人の姿はその場から消えていた。

ヴィクトリアは、もう少し姉上とお喋《しゃべ》りしたかったなと思いながら、別館改装の設計図をくるくると丸めてセバスチャンに渡す。

「黒騎士様のお仕事のお邪魔はしません。わたしはちゃんとウィンター・ローゼにいます。でも、わたしのこの魔力はここの領民を守るためのものなので、必要ならば、おっしゃってくださいね？」

ヴィクトリアはそう言って、小さな手でアレクシスの手を握った。

五話　シュリック子爵領の改易とサーハシャハルからの贈り物

アレクシスがシュリック子爵領へ向かう前夜。

ヒルデガルドと第四師団のヴァルタースハウゼンを招いての夕食の席で、ヴィクトリアとアレクシスは、ヴァルタースハウゼンから領地改易についての説明を聞いていた。

ヴァルタースハウゼン率いる第四師団は、転移魔法を使える人材を有している。実質的な諜報部隊《ちょうほう》と言ってもいいが、平時には、各省庁からの依頼で転移魔法を行使できる人材を派遣する。今回の領地改易においては、財務省からの監査官を、シュリック領の領主館へ送り届けてほしいとの依頼を受けていた。

リーデルシュタイン帝国における領地の改易は——領主側に問題がある場合、皇帝の命令で領主を更迭して行われる。領主側の問題とは、無理な徴税によって起こる領民の反乱や、今回のシュリック子爵領における後継者問題などが挙げられる。

新たな領主が決まるまで、領主館は没収となり、帝都の財務省から監査官が派遣される。そして、不正な行為——たとえば領地を無駄に広げていたり、逆に放置していないか、不当な重税を課していないかなどが精査される。

過去には、領主館没収の際、領主や家臣たちが領主館の明け渡しを拒み、武力による抵抗を試みることもあった。そのため軍が派遣され、抵抗した者たちは鎮圧されて更迭・謹慎処分となった。

今回は後継者不在が長期化し、直系と傍系の親族間で争いが起きたことが改易の理由だが、他にも家臣たちが領主を傀儡《かいらい》として領地経営し、領地の経済や治安に支障をきたして改易となった例もある。

「以前ハルトマン伯爵領で、アイゼン伯爵が紹介した領主代行がいろいろ画策しましたが、それが成功して領地で反乱等が起きた場合なども、改易とされますか？」

サロンで夕食後のお茶を給仕しているセバスチャン——かつてのアイゼン伯——の前で、そんな質問をするヴィクトリアを見たアレクシスは表情に出さないものの、やはりうちの皇女殿下は強心臓だなと思う。

「ああ、あの一件ですか……、そうですな、長期にわたってハルトマン伯爵が領地の統治を上手く行えなかった場合は改易でしょう」

しかし現状は改易ではなく再建と決まった。ハルトマン伯爵領の場合は、土地の特殊性が原因だった。伯爵は若いながらも手は尽くしていたという評価を鑑みて、皇帝は改易よりも再建を言い渡した。伯爵が不在の折の代官の暴走も、早期に解決している。

「そうなのね……アイゼン伯爵って長期的な計画を立てていたのかしら？　どう思う？

セバスチャン」

「さあ……私は一介の執事で、アイゼン伯爵とは面識のない者です。なんとも申し上げられません」

ヴィクトリアの質問に、すまし顔で平然と受け答えするセバスチャンを見たアレクシスは、やっぱりこの執事の本質は狸《たぬき》だなとつくづく思った。

「それよりも、殿下、デスクにお手紙が届いておりました」

そのセバスチャンが、トレーの上に手紙とペーパーナイフを載せて、ヴィクトリアに差し出す。封筒の封蝋《ふうろう》の紋章は、リーデルシュタイン皇帝アルフレードの双頭の鷲《わし》の紋章だった。

「父上からお手紙？」

添えられていたペーパーナイフで開封して手紙に目を通す。

「……いかがされました殿下？」

ヴィクトリアからその手紙を渡されたアレクシスは、目を通してもいいのかと尋ねると、彼女は頷《うなず》く。それはサーハシャハル王国からの船が一隻《せき》、この辺境領の漁村ニコル村に向かっているというものだった。

この船そのものが、サーハシャハルに嫁いだグローリアからヴィクトリアに贈られる婚約祝いだという。この婚約祝いの船は、リーデルシュタイン帝国における造船の技術開発に大いに役立つことだろう。以前から造船技術の提携などは両国間で水面下で進められていたが、ヴィクトリアの婚約と辺境領開拓を機に一気に進み、この日、ヴィクトリアあてに船が贈られる知らせが届いたのだった。

ちなみに、このサーハシャハルの造船技術と、今後帝国の辺境領で進められる鉄道の技術について、両国間での情報共有の条約が結ばれた。

「船は、黒騎士様がシュリック子爵領で領地平定を行ってる間に、到着する予定です」

ニコニコと笑顔を見せるヴィクトリアを、アレクシスは見下ろす。

「お任せください、黒騎士様。ヴァルタースハウゼン閣下もヒルデガルド姉上もいらっしゃいますから、わたしもニコル村へ行ってもいいでしょう？」

予想通りのヴィクトリアの発言だった。

翌朝。

ヴィクトリアは、アレクシスを見送るために領主館本館のエントランスにいた。

そしていつも通り、アレクシスが不在の折にはヴィクトリアの専任護衛を任されるルーカスも、この場にいる。

アレクシスはよろしく頼むと、念を押すようにルーカスの肩を叩《たた》くが「いやだ、この姫様も連れていってくれ」と言わんばかりの表情をルーカスは浮かべていた。ヴィクトリアの護衛任務につくたびに、胃に穴が開くような気がしてならないのだった。

「今回はヒルデガルド殿下もヴァルタースハウゼン閣下もおられる。安心して任務にあたってほしい」

アレクシスの言葉は、自分を宥《なだ》めすかすようだとルーカスは思った。

「しかし……フォルクヴァルツ卿《きょう》が自ら出向くなど、近隣領地の内紛平定には、過剰戦力といえるな」

ヒルデガルドはなにげなくヴィクトリアに言葉をかける。その言葉を耳にしたルーカスは、心の中で何度も頷《うなず》く。

――オレが代わりに内紛の平定に行くから！　アレクシス、お前はここにいろ！　ていうかいてくれ！　オレとお前の仕事チェンジで！

「いやいや、アレクシスもそこのところはわかってるだろう。昨夜今回の軍の編制を確認したら、派遣する団員の数はかなり抑えていた。シュリック子爵領からこちらまでは、万全の数で防衛できる。ヴィクトリア殿下、ご心配なさるな。ヒルデガルド殿下もワシもヴィクトリア殿下をお守りしますぞ」

ヴァルタースハウゼンの言葉に、ヴィクトリアは頷いて言った。

「はい。それに、黒騎士様はこの辺境領の領主。辺境伯爵の地位を授けられていますから、近隣領地の内紛平定には、当然ご自身が向かわれませんと」

キリッとした表情でアレクシスを見上げるヴィクトリアを見て、ルーカスは胃の部分に拳を当てて固く目をつむる。

――ヴィクトリア殿下……なぜ今回に限って聞き分けいい子になっちゃってるの……ここはいつものように「わたしも一緒に行きたいです！」とか言って、ごねてくださってもよろしいのですよ？　アレクシスなら連れて行ってくれるかもしれませんよ!?　ヒルデガルド殿下も過剰戦力とか言ってるし！　ていうかアレクシス、この姫様にとってはお前の傍《そば》が一番安全なんじゃないの!?

ルーカスが何か目で訴えているのはわかっていたが、ルーカスならば大丈夫だろうと彼のアイコンタクトを無視して、アレクシスはヴィクトリアに視線を落とす。

「黒騎士様、ご武運を。早く戻ってきてくださいね」

しっかり留守を守りますという表情のヴィクトリアを見て、アレクシスは頷く。

すると彼女は小さな両手を広げて唇を突き出す。

アレクシスは彼女の頭を軽くぽんぽんと撫《な》でたが、それだけでは不満なヴィクトリアは抗議した。

「だから、黒騎士様、そこは頭ぽんぽんじゃなくて！　行ってきますのキスではないのですか!?」

アメリアやセバスチャンはこのやり取りに慣れたものだが、ヒルデガルドとヴァルタースハウゼンは笑いをこらえる。

「殿下、以前も申し上げましたが、結婚式までは、そのようなことはなしの方向で」

「じゃあ、おでこ！　前みたいに、おでこにコツンってして！」

広げた両腕を振ってアレクシスを促すと、アレクシスはしゃがみこんで、彼女の額に自分の額を押し当てた。目を伏せて「行ってまいります殿下」とアレクシスが呟《つぶや》くと、彼の唇に柔らかい何かがちょこんと触れた。

目を開けると、ヴィクトリアが顔を真っ赤にし、両手を合わせて口元を隠してアレクシスを見上げている。

「無事にお戻りになられるように、の、おまじないです」

小さな声で呟く。

アレクシスは片手で自分の顔を覆った。いくら鈍感なアレクシスでも、周囲からの生暖かい視線に気が付かないわけがない。たった今、自分に何が起きたのか……この小さな皇女殿下が何をしたのかわかった。

自分で十六歳だと言い張るなら、今のはないだろうとアレクシスは思う。貴族の令嬢、皇女として、嫁入り前に今みたいなことを自らするものではない。心の中で説教し始めるが、時間的にはもう出発だ。しょうがないお姫様だとため息を殺して、彼女の頭をくしゃくしゃと撫《な》でて立ち上がり、出ていく。

そんな彼の後ろから、ヴィクトリアが「行ってらっしゃいませ、黒騎士様！」と手を振る。その声を背に、戻ったら「ああいう不意打ちはいけない」と言い聞かさなければと、アレクシスは考えていた。

アレクシスが領主館の正門を出ていくまで玄関で手を振っていたヴィクトリアは、手を下ろすと言った。

「さて、お仕事、お仕事～」

行ってらっしゃいのキスをしてご機嫌なヴィクトリアは、執務室へ向かった。

「ニコル村へ行く前に、子爵領の平定に向かった黒騎士様や他の方々への物資の手配とかも進めないと」

「え⁉　ニコル村へ？」

ヴィクトリアの言葉に、ルーカスは声を上げる。その声を聴いたヴィクトリアは、クルリとルーカスへ向き直る。

「黒騎士様から聞いていませんか？」

「な、何も……殿下の護衛をと言われただけですが……」

ヴィクトリアに届いた手紙が昨夜で出発が今日だから、黒騎士様はお伝えするのを忘れたのかも……でも、フォルストナー中佐は有能な副官で、信頼されているから、ニコル村行きのことをお伝えしなくても問題ないと判断されたのかなと、ヴィクトリアは思った。

「わたし、黒騎士様がお留守の間に、ニコル村に行くことになったの！」

ウキウキと弾むような口調でそう告げられ、ルーカスはぎょっとする。

「はい⁉」

「大丈夫、これは黒騎士様の了承を得ています。それに、今すぐじゃないから安心してね、船もまだ到着しないと思うし……」

ルーカスはエントランスにいる執事と専属侍女に視線を走らせ、目線でどういうことだと訴えるが、胡散臭《うさんくさ》い執事と専属侍女は目を伏せて、ルーカスのアイコンタクトに気付かないふりをするのだった。

「殿下、ちょっと待ってください、説明を求めます！」

説明もないまま帝都の娼館《しょうかん》に行ったことを思い出したルーカスが、ヴィクトリアに問《と》い質《ただ》すと、ヴィクトリアはにっこりと愛らしい笑顔をルーカスに向けるのだった。

アレクシスは出発して一日でアルル村を抜け、シュリック子爵領と辺境の境界線に到達していた。辺境領領主の黒騎士が来たというだけで、境界の近辺に住む子爵領の農民は家の中に引っ込んでガタガタ震える始末だったので、ついでにアルル村の羊を盗んだ男を調べ上げ、捕縛した。

「一気にシュリックの領主館まで進攻したいところでしたね。閣下」

部下のヘンドリックス准尉の言葉にアレクシスは頷《うなず》く。

今回の最短距離での移動は、オルセ村出身のヘンドリックスに土地勘があったため、可能だった。

確かにここで一気に進んでおきたかったが、領主館のある街へはバルリングが派遣した第一師団も進攻してくるので、到着時間を合わせるためにこの場で一泊することにした。

「ウィンター・ローゼにいる殿下のことだから、日を置かずに補給物資を送ってくださるだろう。魔獣に襲撃でもされたら時間も取られるだろうし、なるべく早く第一師団と同時に街門に到着したい……とにかく早く監査担当の者に仕事を任せたいところだ」

アレクシスの言葉に、ヘンドリックスは頷く。

「まあ、心配ですよね、ウィンター・ローゼにおいてきた殿下が」

会話の途中だったが、クラウス少尉が哨戒《しょうかい》から戻ってきて会話に加わる。

「殿下をここにお連れしたら、財務省監査部が泣いて喜びそうです。閣下もその方がご心配もなかったのでは？　なぜ今回はお連れしなかったのですか？」

「外務省からの通達があったからな……殿下には、領内にて対応していただかなければならないことがある」

クラウスとヘンドリックスは顔を見合わせた。

――やっぱりお連れしたかったんだな……。

――どこが安全かって、閣下のお傍《そば》が一番安全だしな……。

自分の横で部下がそんなことを思っていることに気が付かないアレクシスは、なぜか漠然と嫌な予感を抱いていた。


シュリック子爵領の領主館では、よく肥えた年配の男が書状を手にして、憤りに震えていた。男の名はアルバン・フォン・シュリック。

彼の父親は、現当主であるヨハン・フォン・シュリックの弟として生まれ、シュリック子爵領を手に入れたいと望み、それが叶《かな》わぬまま十年前に他界した。その息子であるアルバンは現在、領主ヨハンを軟禁し、領地経営に手を出していた。父親が成しえなかった悲願、子爵領の領主の座まであと一歩のところまで来ている――そう思っていた矢先に、辺境伯であるアレクシス・フォン・フォルクヴァルツから書状が届いた。

「マテウスの奴め！」

書状の内容は、改易の通達だった。現当主ヨハン・フォン・シュリックの曽孫《ひまご》、マテウス・フォン・シュリックから正式に後継に指名されないまま、老齢の現当主を軟禁し、勝手に子爵領の統治を行い、挙げ句にレサーク公国及び辺境伯爵領に被害を与えたことを鑑みて改易が行われるとのことだった。

書かれていることは事実だが、いつの間に知られたのか、とアルバンは思う。

領主の後継者となるヨハンの直系はすでにこの領地にはいない。ヨハンの曽孫《ひまご》であるマテウスとハンフリートはこの子爵領を離れている。

「ハンフリートの小僧にはこの領地の統治など無理だ！　その兄のマテウスなんて論外だろう！　辺境伯といえどもこれは内政干渉だ！　だいたい国境線を防衛することが辺境伯の権限ではないのか！」

シュリック子爵領は国境線直近にある。そこでの内紛を平定するための改易は、国境線防衛の意味を持つ。つまりこの内紛平定も、辺境伯爵の任務なのだ。

アルバンは陛下にこの改易を無効としてもらうように訴状を出そうとしたが、使者は途中で戻ってきた。街道方面には、第一師団と第四師団が財務省の監査部を伴って接近しているという。

子爵領の兵を挙げて抵抗を試みても、圧倒的に数で負けるのは明らかだ。

敗北は免れないし、いくら好き勝手に領地を統治していたアルバンでも、ここで武力による抵抗が得策ではないのは理解していた。なんとかして現状を打開する手はないものか……書状を手の中で丸めて歯ぎしりをする。

「辺境領の黒騎士が出張ってきたということは……辺境領に新たにできた街には、第六皇女殿下が一人でおられるわけだ」

アルバンはここ数年、社交シーズンでも帝都に出向いていない。このシュリック子爵領の当主であるヨハンを軟禁し、長年にわたって領内での権勢を掌握することに注力していたので、帝都からの情報を明確に捉えていなかった。

アルバンが得た情報は、第六皇女が黒騎士に降嫁《こうか》されること、皇女は年より幼くあること、そして魔力が弱いこと、皇帝陛下や姉の皇女殿下たちには可愛がられていること、ただただ可愛らしい姫であるということだけだった。

だから彼は自分の都合の良い方向へ思案を巡らす。

一回りも年上の黒騎士への降嫁だって内心は不満もあっただろうが、皇帝である父親の言葉に従っただけに違いない。彼女に取り成してもらえば、第七師団は手を引き、領主の後継として皇帝から直接認められるのではないだろうか。それに、第六皇女ならば、年の頃からいっても、自分の孫を薦めてもいい。

最後の部分は帝都にいる貴族たちが聞いたら、「田舎者の身の程しらず」と、アルバンを鼻で笑うだろう。

だがアルバンだけではなく、第六皇女の相手に我が息子を、と考える貴族もいる。まだ婚約しているだけだから、結婚はしていないのだから、あの黒騎士との婚約を是とするのならば、自分の息子の方が——見た目のつり合いなどは、ましなのではないかと。

「商船を用意しろ！　海から辺境領に回り、第六皇女殿下に取り成しを頼む！　わしが自ら向かう。港には軍を近づけさせるな！」

「アルバン様、ヨハン様はどうされますか？」

「ふん、あの老いぼれは放っておけ。どうせ世話をやめれば死ぬだろう。最後の最後までこちらの手を焼かせおって。ヤツがわしにさっさと領主の座を譲っていれば、末期《まつご》の世話ぐらいはしてやったものを」

そう言い捨て、脂肪を蓄えた身体でゆさゆさと立ち上がって、急ぎ足で執務室を後にするのだった。

翌朝——アレクシスが率いる第七師団の小隊は子爵領の境界線を越え、昼に領主館のある地の街門の前に到達。バルリングが派遣した第一師団と合流した。

武装した軍が街門にずらりと並んだことに恐れをなしたのか、街門はあっさりと開錠され、一行は領主館へと進行した。

武力による抵抗があったのは、領主館に着いてからだった。

領主館の執務室に人影がなかったため、領主の私室へと向かうと、部屋の前に大物の家具でバリケードを作り、抵抗を叫ぶ家臣たちの姿があった。

「せっかく領主様を牢《ろう》からお救いしたのに！　ここで軍に渡すな！」

牢からお救いした、ということは、中に現領主である高齢のヨハン・フォン・シュリックがいる可能性が高い。

アレクシスが前に進み出て剣を一振りすると、バリケードが薙《な》ぎ払われ、家具の下敷きになる者もいた。

相手が黒騎士だと知っている家臣たちは、震えながらもドアの前に立って剣を抜いた。剣技では黒騎士に敵《かな》わなくても、最期まで領主を守ろうという心意気に、アレクシスは感心した。

「剣を収めろ。当主ヨハン・フォン・シュリックの安全は保障する」

「……」

「治癒魔法を行使できる者もいる。必要ならば手当てもさせよう。ただし改易のための監査に対する妨害とみなした場合は――」

アレクシスの言葉を遮るように、家臣の背後にあるドアが軋《きし》み、ゆっくりと開く。ドアの端に見える手が、年老いた人のものだとわかる。

「ヨハン様！」

年配の侍女に支えられるようにドアから出てきたのは、シュリック子爵ヨハンだった。

ドアの前に立っていた家臣が慌ててヨハンの前に立ち、彼を支える。

「わしの力が、足りなかったのだ。アルバンを抑えられず領内に混乱を招いたこの仕儀はわしの責任……黒騎士殿――フォルクヴァルツ辺境伯の仰せに従う」

「ヨハン様！」

その老いて弱った身体を支える忠臣に、老人は視線を向けた。

「そなたでは、剣聖と言われる黒騎士殿に敵《かな》うはずもあるまい」

まるで小さな子供をたしなめるかのような領主の言葉に、家臣は悔しそうに唇をかみしめた。

アレクシスの指示でバリケードにされていた家具は片付けられ、ヨハンは寝室に戻された。ヴィクトリアの指示により、ウィンター・ローゼからミリアが派遣されて第七師団に同行していた。ミリアはヨハンに治癒魔法を施そうとしたが、彼は片手を上げてそれを制した。自分は老齢のため、大して効果は得られないので意味はない。万が一の時のためにその力は温存しろという。

忠義を見せた家臣の言葉によれば、領内の実権を握ったアルバンの指示によって、領主であるヨハンはこの領主館の地下牢《ちかろう》に押し込められていた。

この忠義厚い家臣は屋敷の警備が手薄になったため、ヨハンを牢から救出したところ、改易のために出動した軍隊に囲まれたのだという。しかし、アレクシスたちが老領主に危害を加えないとわかって、安心したようだ。

領主館を隈なく捜査したが、そのアルバンの姿が見えない。街の家臣たちの屋敷も捜査したが、その姿はなかった。

「逃げられたか……」

派遣された第一師団の中隊長が舌打ちをする。

昨夜の嫌な予感はこれかとアレクシスは思う。アルバンはこの領主館を放棄し、素早く逃走したのだ。

「第一師団は部隊を編制し、そのままレサーク国境の方へ行って鉱山を押さえろ。もしかしたらアルバンが向かっているかもしれない」

「了解しました」

監査官が執務室に入ってきて、監査の準備を始めた。そしてアレクシスが指示を出した第七師団の伝令が、入室して報告した。

「閣下、港町の方でアルバンを見かけたとのこと。小隊をすでに向かわせました」

第一師団の中隊長とアレクシスは顔を見合わせる。

海に面しているのはレサーク公国とサーハシャハル王国……あとは辺境領ニコル村。

「港町に行く」

アレクシスはそう言い、その場から愛馬を駆って港町に駆けつける。

港町の街門の方が、厳重な防衛を敷いていた。

「街門をこじ開けろ、クラウス。門が開いたら突入だ。一般の領民は放置。抵抗する者は、今回の改易の妨害とみなして捕らえろ」

アレクシスの指示の下、クラウスは大砲を用いて街門を爆破。第七師団の突入によって、時間を置かずに港町を制圧した。

「閣下が出なくてもいけたのでは？　領地の内紛平定と他国との戦争とじゃ段違いだが」

「第七師団の出兵の数を抑えてもこれだからな」

クラウスも頷《うなず》いて答えると、アレクシスが声をかける。

「部下が有能だから問題なく遂行できているのだ。ヤツはもう海に出たはずだ。出航した船舶の情報を掴《つか》め。行き先が知りたい、他国へ向かうならば外務省にも通達し、今回派遣されている第四師団に連絡を取ってもらう」


アレクシスが無事にシュリック子爵領へと到着した知らせを受けたヴィクトリアは、フォルストナー商会のケヴィンを呼び寄せた。

「物資の輸送……」

執務室でヴィクトリアから告げられたのは、今回シュリック子爵領に向かった第七師団に送る物資——主に食料の輸送の依頼だった。

「そうなの。黒騎士様は、少数でシュリック子爵領へ向かわれましたが、第一師団、第四師団、財務省の文官の人たちが一気にそこへ移動するので、シュリック子爵領へ食料を運んでほしいの。ケヴィンさんなら、アイテムボックスでちょうどいい量を運べるかなって」

輸送物資のリストを渡されて、ケヴィンはヴィクトリアの傍《そば》に護衛についている自分の兄を見上げる。以前、ヴィクトリアに自分のアイテムボックスの術式を変更してもらい、収納容量が一気に増えたことを喜んでいた時、兄のルーカスから「遠い東の国に『タダより高いモノはない』という言葉があるのを忘れるな」と釘を刺されたことを思い出した。

第六皇女殿下直々の依頼だ。当然、この仕事が最優先となる。自分のすべての予定を変更することがこの時決まった。

「よろしくね」

ケヴィンが執務室から出て行くと、ヴィクトリアは辺境領海域周辺の地図を広げていた。

「ねえ、セバスチャン。アメリア。この部屋に辺境領の地図を張っておきたいな」

「確かに、そうすれば姫様も閣下もお仕事がはかどるでしょう、さっそくそのように。その壁面をほぼ埋めるような大きなものがよろしいでしょうか？」

アメリアの提案にヴィクトリアは頷く。

「さすがアメリア。お願いね。ケヴィンさんがシュリック子爵領に到着するころ、わたしたちはニコル村に向かいましょう。こちらが座標の術式なので、転移魔法陣に組み込みます。それまではお時間もあるでしょうから、ヴァルタースハウゼン閣下も姉上もウィンター・ローゼの観光でもいかがですか？　第七師団の者に案内させます」

「いやいや、小さな姫様に働かせて、ワシが観光などとは……」

「あら、常に国のために働いてくださってる閣下ですもの、お休みは大事なこと！　アクアパークには水難訓練用の施設もありますし、ぜひ見学なさってください！」

「トリアはどうするんだ？」

「工務省の方との打ち合わせもありますから！　最近、黒騎士様が内政を頑張ってくれていて、軍のお仕事もあるのに、すごいと思いません⁉　わたしも頑張らないと！」

マルグリッドが残していった別館改装の設計図を広げて「さすがマルグリッド姉上～」と呟《つぶや》いている。

「ではお言葉に甘えて、訓練所の視察に向かいますかな。ヒルデガルド殿下、参りましょう」

ヴァルタースハウゼンは、ヒルデガルドを促して執務室を出た。

二人を見送るために廊下に出たセバスチャンに、ヴァルタースハウゼンは向き直った。

「アレクシスから言われている。くれぐれも、殿下にご無理はさせないように。お疲れのご様子ならばお休みになるよう促せ。今おっしゃっていた工務省との打ち合わせなら、アレクシスでもできるだろうし、別に今すぐではなくてもいいはずだ」

「かしこまりました」

「エリザベート姉上の影響が大きいからな。仕事してる自分カッコイイ、とか思っていそうなところが子供というか……」

ヒルデガルドが呟く。

「遅くとも明後日にはニコル村に向かう」

つまりサーハシャハルの船を迎えることの方が重要事項だと暗に告げている。ヴァルタースハウゼンの言葉に、セバスチャンは恭《うやうや》しく執事らしい礼をした。


二日後、ケヴィンが無事に物資輸送を済ませたという報告を受けたヴィクトリアは、留守はいつものようにセバスチャンに任せ、ヴァルタースハウゼンの転移魔法で一気にニコル村に移動した。

アレクシスはシュリック子爵領に向かう時に、ニコル村に第七師団の団員を派遣するように指示を出していた。ニコル村に到着したヴィクトリアはそれを知らなかったので、少し驚いた様子だった。

「第七師団の団員が多いようですが？」

「閣下がウィンター・ローゼ出発時に指示を出していられたようです」

ルーカスの言葉に「さすが黒騎士様」とヴィクトリアは呟《つぶや》く。

移動してきた第七師団の団員たちは、造船と軍港建設に携わっている工務省と魔導開発局に指示を仰ぎつつ、工兵として働く以外にも、漁の手伝いや、シュリック子爵領から亡命してきた海産物加工業者の手伝いをしていたようだ。これもアレクシスの指示だと聞いて、アレクシスの有能さにヴィクトリアはヒルデガルドに向かって、得意満面だった。

「わたしの黒騎士様、お仕事できる人なの！　すごくない!?」

「はいはい」

ヒルデガルドにあしらわれて頬を膨らますヴィクトリアを見て、一人の職員が声をかけた。

「ヴィクトリア殿下の黒騎士様びいきは相変わらずですね」

二人の前に進み出たのは、ハルトマン伯爵領からエリザベートの指示で派遣されてきたシャルロッテだった。

思わずロッテ姉上！　と叫びそうになったヴィクトリアは、慌てて口元を扇で隠す。ヴァルタースハウゼンもルーカスも他の工務省の職員もいる手前、ロッテ姉上と呼んで甘えて抱きつくことができないのがちょっぴりつらい。

「沖の方に漁に出ていた領民が、こちらに船が向かってくると言っていますから、そんなに時間を置かず船影が確認できますよ。軍港の方へどうぞ」

シャルロットに先導されて軍港へ向かう途中で、伝令の兵がルーカスを呼び止めて封書を渡すと、その場を下がった。

宛名を確認すると、アレクシスからだった。ヴィクトリア宛である。

「殿下」

ヴィクトリアに声をかけて封書を渡すと、宛名を見た彼女は嬉《うれ》しそうに笑みを浮かべた。

手にしていた扇をペーパーナイフに変化させて封を切ると、便せんに視線を落とす。読み終えて、それをそのままヒルデガルドに渡す。

「なんだ、黒騎士からのラブレターなのに？」

「はい、惚気《のろけ》です」

実は惚気でもなんでもない。シュリック子爵領における家督騒動の首謀者であるアルバン・フォン・シュリックが、船で逃げたことの知らせだった。ヒルデガルドはそれをヴァルタースハウゼンに渡す。手紙には監察官の移動を手伝った第四師団の者を使って外務省へ連絡をした旨も記載されているので、上官である彼にもその手紙を回したのだ。

「問題ないです。こちらで燃料の補給をして、婚約祝いに贈られたサーハシャハルの船で追いましょう。長距離の航海は、この辺境に来ることですでに実証済みですから」

ヴィクトリアの菫《すみれ》色の瞳が、ヴァルタースハウゼンとヒルデガルドを見上げて煌《きら》めいている。

軍港に行くと船影が確認された。二隻《せき》の船影であった。

「二隻!? サーハシャハルからの婚約祝いとしての船は一隻のはずでは!?」

双眼鏡で確認していた工務省の職員が声をあげる。

ヴィクトリアは今度はペーパーナイフを双眼鏡に変えて、それをのぞき込んで呟《つぶや》いた。

「大量の燃料補給はしなくても済みそうですね」

二隻のうち、手前は商船と思しき船だが、その船の後ろに追跡するように進んでくる巨大な戦艦が見える。

商船に乗っているのは多分アルバン・フォン・シュリックだろう。

自分が乗った商船を追うように、巨大な戦艦が辺境の海域に進んでくるとは思わなかったに違いない。

ヴィクトリアは乗っているアルバンの慌てふためく姿が目に見えるようで、双眼鏡を片手に、皇女殿下らしからぬ笑みを浮かべる。

「ロッテ様、燃料の補給はできます? 到着次第、戦艦に搭乗します。商船にアルバン・フォン・シュリックが乗っていたら身柄を確保。フォルストナー中佐、戦艦に乗船する人員を編制してください。あの船はわたしの婚約祝いの贈り物ですから、試し乗りぐらい許されるでしょ？　ヴァルタースハウゼン閣下」

　エリザベートを彷彿《ほうふつ》させるヴィクトリアの指示っぷりに、ヴァルタースハウゼンは苦笑する。

　戦艦は商船を追い抜かし、ヴィクトリアたちのいる軍港へ向かってくる。ヴィクトリアは商船に乗っているアルバンを捕らえ、婚約祝いでもらったこの戦艦でそのままシュリック子爵領へ行くつもりだとヴァルタースハウゼンは理解した。

「船は揺れますぞ、殿下」

「わかってます。でも、わたし、黒騎士様のお仕事のお手伝いをしたいの。だってそうしたら、黒騎士様は早くウィンター・ローゼに戻ってきてくれるでしょ？　この船でお会いしに行ったら黒騎士様、驚いてくださるかな？」

　無邪気にそう語るヴィクトリアの傍《そば》で、乗員の編制を始めたルーカスは「いや、絶対アレクシスに怒られると思います。あいつは貴女《あなた》限定で心配性です」と心の中で呟いた。

　悠々と商船を追い抜いた戦艦は、未完成の軍港に辿り着いた。

　甲板から降りてくるサーハシャハルの使者を迎えたヴィクトリアは、使者に「試し乗りをしたい」と告げると、使者は快く承諾した。

『実は先ほど追い抜いた船に、問題ありの人物が乗っている可能性があるのです』

　流暢《りゅうちょう》なサーハシャハル語で話すヴィクトリアに、使者は目を見開く。

『ですから、あの商船を確認し、もしその問題の人物であれば、ここより南にある領の港町に連行しなければなりません』

『なるほど、我々の到着は絶好のタイミングだったというわけですな』

『そうなんです』

ヴィクトリアの通訳により、迅速な補給を終えて一行を乗り込ませると、沖に停船している船に向かって再び戦艦は動きだした。


商船に乗っていたのは、やはりアルバン・フォン・シュリックだった。第六皇女に取り成しを頼もうとしていたが、自分の乗っている商船が見たこともない戦艦に追い抜かれ、その戦艦がニコル村に着岸したのを双眼鏡で確認すると、慌てふためいて声をあげた。

「なんなんだ、あの巨大な船は！」

「あ、あれは……サーハシャハルの船です……アルバン様」

操舵士《そうだし》が答える。

「仕事でサーハシャハルへ行った時に、見たことがあります」

サーハシャハル王国が、この帝国の第五皇女グローリアの嫁ぎ先であることは、アルバンも知っている。

だが、なぜこのタイミングで、サーハシャハルからこの辺境へとあの巨大な戦艦がやってきたのかは謎だった。まさか自分たちが船を使ってシュリック子爵領を出たからか？　一子爵領の内紛に、同盟国の戦艦を用いるなんて聞いたこともない。そもそも、あの大きな戦艦が移動するぐらいならば、もっと前から国同士で何か話し合いが行われていたのだろう。あまりにもタイミングが良すぎる。単純に、戦艦の移動のために立ち寄っただけではないかと、アルバンは淡く期待した。

「どうしますか？」

「戻ることはできん、進め」

アルバンの期待通り、着岸した戦艦は元来た海路を進み始めている。その様子を見たアルバンは「焦らせおって……」と独り言を言ったが、操舵士がアルバンを見る。

「アルバン様……戦艦が停船を指示しております」

「なんだと！」

「進めば砲撃すると！　停船します！」

操舵士は商船を停めて、息を呑《の》んで進んでくる戦艦を見つめていた。

アルバンは甲板に出て船首に行き、戦艦を見上げる。戦艦はアルバンのいる商船に横付けされた。

「一体何の用でわしの邪魔を！」

デッキの手すりに手をかけて唸《うな》ると、背後に人の気配がして慌てて振り返る。見たことはないが、明らかにリーデルシュタイン帝国の軍の高官と思しき軍服に身を包んだ男が立っていた。

「リーデルシュタイン帝国軍第四師団、ヴァルタースハウゼンだ。アルバン・フォン・シュリックだな。シュリック子爵領領主ヨハン・フォン・シュリックを軟禁した首謀として身柄を拘束する」

ヴァルタースハウゼンがアルバンを拘束すると、第七師団の団員が商船に乗り込んで、船室にいるアルバンの一族や家臣を捕らえ、商船を曳航《えいこう》する用意をする。

その様子を戦艦の甲板から見ていたヴィクトリアに、ヒルデガルドが声をかける。

「トリア」

「姉上」

「アルバンの奴が『第六皇女殿下に合わせろ、事情を説明する！』と言ってるがどうする？」

商船を見下ろすヴィクトリアの視線を追うように、ヒルデガルドも商船に目を向ける。

アルバンは領主を軟禁し、自分の思うままに振る舞って領内に混乱を招いた人物だ。

ヴィクトリアに会ったら、弁解と取り成しを懇願するだろうことはわかっている。皇城にいたころ、ヴィクトリアをてなずけようとしていた貴族と変わらないはずだ。

「姉上は彼の言葉に耳を傾けるのですか？」

「いいや。聞かない」

ヒルデガルドの即答に、ヴィクトリアは頷《うなず》く。

「ヴィクトリア殿下。商船の曳航準備が完了しました」

ルーカスの報告に商船から視線をはずして、ヴィクトリアは水平線を見つめる。

「では、黒騎士様のいるシュリック子爵領へ」

ヴィクトリアは船首の甲板に進み出て告げる。その姿は、さながらこの戦艦の船首象のようだ。婚約祝いとして届いた戦艦が、ゆっくりと進み始める。夏の終わりを知らせるような傾きかけた日の光と海風を受け、ヴィクトリアのプラチナブロンドの髪がなびいた。


アルバンが逃亡した後のシュリック子爵領の監査は順調だった。

シュリック子爵領に残ってそれまでアルバンを擁していた者たちも、軍の介入によっておとなしく取り調べを受けていた。

「言ってもいいか？　これまで領地改易のために派遣されたことは何度もあったけど、これほど飯に困らない事案はなかったぞ」

第七師団の団員の一人が呟《つぶや》く。

「ルーカス中佐の弟君が食料を輸送してくれたんだって？」

「レサーク国境域に行った第一師団が泣いて喜んでいた。ほんと、飯は大事だな。改易してる現場って、食事なんかも限定されるし、改易に関わる兵の食事は基本的に軍の持ち出しだから、今回はありがたい」

「辺境領って、豪雪と魔獣のせいで流通が難しいだけで、実は食うには困らない土地なんだな」

そんな部下の雑談を耳にしながら、アレクシスも財務省の監査官と共に、朝食を取っていた。部下たちの会話を聞きながら、財務省の監査官たちも頷《うなず》く。

「いやいや、同感ですな。帝都のレストランなどでは、辺境領産の肉は高級食材ですから、軍高官や内政官御用達です」

「閣下」

アレクシスの前に進み出たのはクラウスだった。アレクシスに耳打ちをすると、アレクシスは立ち上がる。

「どうされました？　閣下」

「港に船影が確認されたとのこと。現場に向かう」

「アルバンの情報が少しでもあればよいのですが」

「そうだな」

アレクシスは少数の部下を伴って、領主館のある街から港町へと移動した。

「シュリック子爵領の漁師が近づいてくる船を確認したところ、船籍は不明、商船を曳航《えいこう》しているとのこと。商船の方は、このシュリック子爵領の商人が所有するものとか」

　シュリック子爵領の港はニコル村の漁港とあまり差はない。ニコル村の港の船はほとんどが漁船だが、シュリック子爵領には商船も存在している。しかし近づく船影は戦艦だった。船の大きさに漁師たちは驚き、入港を見守る。

　アレクシスも船を見上げていると、甲板からちょこんと顔を覗《のぞ》かせたのは、彼のよく知る人物……。

「黒騎士様ー！　アルバン・フォン・シュリックを捕らえて連れてきました！」

　アレクシスに手を振って見せるのは、ヴィクトリア。

「殿下……」

　着岸すると、タラップから勢いよく飛び下りて走りだすヴィクトリア。

　タラップの傍《そば》までアレクシスが走り寄ると、ヴィクトリアはアレクシスに抱きついた。

　サーハシャハルから贈られた戦艦を使ってアルバンを捕らえ、そのままシュリック子爵領へとやってきた小さな第六皇女殿下に、アレクシスはため息をつく。

　怒っているのかなと思ってヴィクトリアがアレクシスを見上げると、彼はいつものようにヴィクトリアを抱き上げた。

「あまり無茶はなさらないように」

「えー、でもこの戦艦は偶然、アルバン・フォン・シュリックが乗る船を追うようにニコル村にやってきたんですもの。彼を早く捕まえてこちらに戻せば、黒騎士様のお仕事は早く終わって、ウィンター・ローゼに戻ってきてくれるでしょう？　それに試し乗りだってできたし、こういうのを、遠い東の国では「一石二鳥《いっせきにちょう》」って言うらしいですよ？」

ヴィクトリアの護衛を任せていたルーカスも、タラップから降りてくる。

彼を見ると、セバスチャンと同じような苦悶《くもん》に満ちた表情をしていたので、叱責はせずに、抱き上げたヴィクトリアに視線を移した。

「困ったお方だ……」

「え！　ダメだった!?　わたし、失敗した!?」

仕事的にはものすごく有能なのはいわずもがな。ただし、こんなに自分を心配させる人物は、アレクシスの人生の中で存在しなかった。

アレクシスがヴィクトリアの額に自分の額を当てる。

「少し熱っぽいですよ殿下。俺が困るというのはそういうところだ」

いつもなら私というのに、『俺』と言った。アレクシスが時折見せる、素の気持ちから出てくる言葉であることが分かって、ヴィクトリアは照れながら笑顔を見せた。

六話　ウィンター・ローゼの最初の収穫祭

シュリック子爵領は、リーデルシュタイン帝国皇帝の一時預かりとなった。また、高齢の当主ヨハンはアレクシスの辺境領へ身柄を移されることになり、アルバンは領主を監禁した以外にもレサーク公国の鉱山の一件などの余罪もあって、帝都の犯罪者収容所送りとなった。

このシュリック子爵領は、いずれ別の貴族が拝領するだろう。

アルバンをシュリック子爵領に連行したヴィクトリアはすぐさま戦艦でニコル村に戻り、改めてサーハシャハルの使者をもてなした。

ヒルデガルドとヴァルタースハウゼンは軍港や造船所の進捗状況を確認がてら、ニコル村での温泉や魚介料理を楽しんだ後、領地に戻って行った。

ちなみにヒルデガルドはまだ領地を持たないが、現在エリザベートが留守にしている帝都第一直轄領にて、姉の不在を補っている。

とりわけヴィクトリアは、サーハシャハルの使者を外務省の接遇担当の者が迎えに来るまでニコル村に滞在して歓待しつつ、村の再開発――漁港から離れた場所に作る新たな街について工務省と相談したり、その様子を見守ったりしていた。

暑い夏の日差しが弱くなってきて、秋の気配が近づく頃、アレクシスのシュリック子爵領改易の仕事が終わるという連絡を受け、ヴィクトリアも領主館のあるウィンター・ローゼへと帰還することになった。

ヴィクトリアがウィンター・ローゼに向けて出発する際、ニコル村がなんだか忙しそうな様子なのが気になった。そしてそれは帰る途中で経由するオルセ村も同様で、村人たちの慌ただしさに、オルセ村での世話役としてついているニーナに理由を尋ねた。

「滞在していたニコル村でもそうだったけど、オルセ村もやっぱり忙しそうね」

ヴィクトリアの問いかけに、ニーナは小さな狼《おおかみ》を抱きしめながら答えた。

「それは、収穫祭が近いからです。同時期にニコル村では豊漁祭があります。各村の村長たちが話し合って今年は三日間開催することになり、先日ウィンター・ローゼの学芸省に申請に行ったそうです。……毎年各村々でやっておりましたが、今年は領主様が立たれて、辺境の簡素な村にも新たな街ができたので、辺境領らしい食のお祭りにしようと決めたようです」

「え!! 収穫祭!」

自分がニコル村にいる間に、各村では秋の収穫祭に向けて動いていたのを知って、ヴィクトリアは驚いた。ニーナは抱いている赤ん坊の狼アッシュを、ヴィクトリアに渡す。アッシュはヴィクトリアに抱きしめられて、嬉《うれ》しそうにしっぽを振った。

ウィンター・ローゼに戻ったら学芸省の職員に概要を聞かないと……そこまで考え、ハッとしてニーナを見つめる。

「そ、そういえば、ニーナさんはこの収穫祭にヘンドリックスさんと結婚するのよね!?」

ヴィクトリアにそう尋ねられて、ニーナは顔を真っ赤にして頷《うなず》いた。

「わ〜！　待ちに待った結婚式ですね！　お祝いも考えなくちゃ！」

「そ、そんな、お祝いとか……」

「お祝いしたいわ！　だってヘンドリックスさんは、第七師団の団員で黒騎士様の部下ですもの。ニーナさんには魔獣や害獣についていろいろ対応してもらってるし！　婚礼衣裳とかはもう用意された？」

「ヘンドリックスが……シュリック子爵領から戻ってきたら、二人でウィンター・ローゼのお店に行こうって……」

「わーいいな、いいな、楽しみですよね！」

結婚間近のニーナがはにかむのを見て、ヴィクトリアは早くウィンター・ローゼに帰りたい、なによりも黒騎士様に会いたい、と思った。

そしてヴィクトリアがウィンター・ローゼに戻ると、農業地区の領民たちは、収穫作業に余念がない様子だった。元ナナル村の村人たちは、ようやく落ち着いて農業に携わることができたうえ、思いのほか豊作だったので、精を出して楽しそうに働いていた。

街門を抜けた大通りに植えられたリンゴの木には小ぶりの実が生って赤く色づき、子供たちがそれをもいでいる様子も馬車の窓から見ることができた。

また、街の大通りをヴィクトリアを乗せた馬車が通り過ぎるのを見た領民たちが、手を振る。

「姫様がお戻りだー！」

「おかえりなさいませ～ヴィクトリア殿下～！」

その声を受けて、ヴィクトリアは馬車の中から手を振り返した。馬車は領主館の門をくぐり、正面のエントランスに停車した。

「ご無事のお帰り、なによりでございます。殿下」

領主館の使用人がセバスチャンを先頭に並んでヴィクトリアを出迎え、セバスチャンが口上を述べて一礼する。

「留守中、変わりはありませんか？」

「夜に旦那様が子爵領からお戻りになられるとの通達がございました」

「黒騎士様が!?」

ヴィクトリアの表情が、ぱあっと花が咲いたように明るく変わった。

「湯殿の用意も整ってございますのでお召し替えを。アメリアもご苦労さまでした」

侍女頭のコルネリアがそう告げると、アメリアはヴィクトリアの後ろで一礼する。

「姫様、コルネリア様のおっしゃるように、執務室でお仕事をされる前にお着替えを」

執務室に直行して学芸省の職員を呼び出しかねないヴィクトリアを、留めるようにアメリアが告げる。

「せっかく閣下がお戻りなのです。可愛くしてお出迎えされた方がよろしいかと」

そう言われてしまえば、ヴィクトリアも素直に頷《うなず》くのだった。

ヴィクトリアが湯あみを終えると、アメリアをはじめ侍女たちはヴィクトリアの着付けにかかる。ニコル村に滞在中はコルネリアが作った制服のようなワンピースを着ていて、着せ替えがいがなかったが、ここにきて、一国のお姫様らしい衣装をまとわせることができて、アメリアも楽しそうな様子だった。

ヴィクトリアが着替えをすませ、そのまま執務室へ足を向けると、「旦那様がお戻りになられたようです」と告げられた。

ヴィクトリアがエントランスに向かうと、アレクシスが帰宅したところだった。

いつぞやのように階段を急いで下りて、アレクシスの前に立つ。

「お帰りなさいませ！　黒騎士様！」

シュリック子爵領の改易を終わらせて、ウィンター・ローゼの街門をくぐった時、アレクシスは家に帰るという気分を十数年ぶりに実感していた。小さな子供の頃の、思い出の詰まった家に帰る感じだった。

そして今、このウィンター・ローゼの領主館の玄関を開けたら、目の前にいるのは、自分を迎えてくれる小さな第六皇女殿下。

別に戦争に行っていたわけではない、隣接する領地に一月近く滞在していただけなのに、彼女の笑顔を見て安堵《あんど》したのはなぜなのかと思った。

「わたしと黒騎士様は別々の場所にいても、ちゃんと同じ日にここへ帰ってきたの！　すごい偶然！　お手紙もたくさん書いたけれど、でも、お会いしてお話ししたかったので嬉《うれ》しいです！　ねえ黒騎士様、わたしたちが留守の間に、街も村も収穫祭に向けて準備していたんですって、領民たちが企画したお祭りですよ！　すごく楽しみで、いろいろお話ししたいです」

ヴィクトリアがアレクシスに大喜びで話すと、アレクシスはしゃがみこんで、両手を広げる。

いつもみたいに、小さな子供を迎え入れるように。

ヴィクトリアが嬉しそうに彼の腕に飛び込むと、アレクシスはいつものように彼女を片腕で抱き上げた。

「戻りました、ヴィクトリア殿下」

アレクシスの言葉にヴィクトリアはニコニコと笑顔になる。

「お帰りなさい、黒騎士様」

――帰ってきた……自分の家に……。アレクシスはそう思った。


翌日。

久しぶりにアレクシスと一緒に朝食を取ったヴィクトリアは、ご機嫌だった。ヴィクトリアの嬉しさを隠さない明るい表情が、アレクシスの心の中を明るく暖かなものにしてくれるのを自覚していた。

「黒騎士様はお仕事がお休みの時、どのように過ごされていました？」

「……」

ヴィクトリアの質問に、アレクシスはこれまでの自分の休日を思い返してみる。あまり休日らしい休日とはいえない日を過ごしていた記憶がある。

彼女がそんな質問をするにはわけがある。それは昨夜のことだった。

一月近くお互いに別々の場所で公務に励んでいたが、領主館に帰り着くなり、セバスチヤンに言われたのだ。

「お二人とも、帰ってきたばかりですぐに仕事とかは……できればお休みください」

それを横で聞いていたルーカスは首を思いっきり縦に振り、泣かんばかりに言った。

「アレクシスも殿下も何なの？　帰ってきた翌日に仕事したいの？　仕事してないと死ぬ病にかかっているの？　オレは休みたい。上司が休みを取らないと部下は休めないということを自覚してくれ頼むから！　アレクシスも殿下も休んでっ。お願いっ……！」

そんな理由で、本日は何の予定も入れていない二人だった。

「殿下は帝都では公務以外は何をされていましたか？」

「えー……」

アレクシスとの婚約が決まるまで、帝国の末姫という立場なので、公務といえば孤児院の慰問ぐらいで他に仕事はなかった。

同い年の令嬢と一緒に過ごすことも少なく、読書を含む勉強とか魔法の研究とか、姉たちの傍《そば》にくっついているぐらいで、特に大したことはしていない。でもそれは第三者からは勉強熱心な姫だと思われただろうし、休日を謳歌《おうか》するということは体験したことがない気がした。

貴族の令嬢が普通にしていること——外商を呼んでの買い物、親しい友人との手紙のやりとり、小規模のお茶会や食事会、観劇や美術鑑賞に出かける——ヴィクトリアはその皇女という身分のせいもあるが、見た目の幼さからも、そういうお誘いもなかった。

「……わからないです……黒騎士様……みんなはどういうふうにお休みを過ごすのでしょ

うか？」

「ヴィクトリア殿下、体調がよろしければ一緒にお出かけしますか？」

「え？」

「ウィンター・ローゼの中が私たちのいない間にどれだけ開発されたのか、見て回りませんか？」

アレクシスの提案にヴィクトリアはその菫《すみれ》色の瞳をキラキラさせ、座っている椅子から勢いよく立ち上がって、アレクシスの腕に飛びつく。

「お出かけしたいです！　黒騎士様と一緒に！」

アレクシスは自分の手をヴィクトリアの額に当てた。

「……お熱はないです！　元気だから！　黒騎士様と一緒にお出かけして街の様子を見ることができたら、収穫祭について楽しい企画とか浮かぶかもしれないし！　収穫祭が終わったら、雪まつりの企画とかもしたいし！」

気晴らしの散歩のつもりが、ヴィクトリアのテンションが高まってしまって、観光名所としてのイベント企画立案の下準備になりそうだった。

「殿下……それはお休みの過ごし方とは違うかと」

「え……お出かけはとりやめなのですか……？」

あからさまにがっかりした表情を浮かべるヴィクトリア。

「そうではなくて……一つ約束をしてくださいますか？」

「はい、一人であちこち行ったりしませんし、危ないこともしませんから！」

ヴィクトリア自身も自分で発言していて、これでは父親にお出かけをせがむ子供ではないかと思ったが、大好きな黒騎士様と一緒にお出かけとなればデートである。見た目はともかく、中身は十六歳の恋する乙女なのだ。好きな人とお出かけなんて、心も弾むというものだった。

「収穫祭が終わったら、鉄道の線路を開通させる広域範囲魔法を使用するご予定ですよね？」

「……はい」

「本来なら、その線路開通も今年ではなく来年以降に回したいと思っていますが……私一人が声を上げたところで、無理でしょう。ですからその魔法を使用した後、少しお休みを取ってください。この領地で行う収穫祭の次は雪まつりですが、初雪が降り、積もるまでには時間がかかるはずです」

「……」

ヴィクトリアはなんと返事をしようか迷っているように見えたが、最終的には頷《うなず》いた。

「わかりました……黒騎士様がそうおっしゃるなら……」

「よかった。この帝国の小さな末姫様を、体調を崩すほど働かせるとは、さすが黒騎士、見た目通りの極悪非道の男だ、などと思われずにすみます」

ヴィクトリアがはっとする。

「何それ！　誰がそんなことを！　酷《ひど》い!!　わたしが勝手にやってるだけなのに！」

その言葉を聞いたヴィクトリアがすぐさま反応する。アレクシスは憤慨《ふんがい》するヴィクトリアを宥《なだ》め、サンルームから送り出すように彼女の背に手を添える。

「アメリア殿、殿下のお仕度を」

アメリアは心得たように、ヴィクトリアの支度をするために他の侍女にも声をかけ、外出用の支度を整え始めた。

いつもの、軍服に近いコルネリア作のワンピースではなく、ちょっと商家のお嬢様が街にお出かけする感じの衣裳をヴィクトリアに着つける。

そういう衣裳が新鮮に映ったのか、ヴィクトリアはアメリアのセンスを褒めちぎった。

使用人たちに見送られて、二人で領主館から街に出る。馬車ではなく、アレクシスの愛馬オーニュクス号での外出だ。

秋の気配の街をアレクシスがゆっくりと馬を進ませる。街路樹として植えているリンゴの木々は赤い実を付けていた。

馬車や人々が行き交う中、アレクシスとヴィクトリアに注目が集まるが、「領主様と姫様だ」と声は上がるが、二人を呼び止める者はいない。

「そうだ、黒騎士様、ヘンドリックスさんとニーナさんの結婚式は、収穫祭の時にオルセ村で行われるそうですよ、ちょっと見てみたいしお祝いもしたいな」

「そういえば……」

「どんな物がいいと思います？　本当はドレスとかさしあげたかったんですが、二人で決めるみたいで……」

「ドレスといえば……元シュリック子爵領で縫製事業者が新たな生地を作り上げたとか。このウィンター・ローゼの服飾関連の店に試験的に置いているようです」

「あ、それは見てみたいです。もし素材がよければ花嫁衣裳のベールなんかにどうでしょう！　そこへ行ってみたいです、黒騎士様！　なんか楽しいな。思いついたところへふらっと行くのって、冒険みたいじゃないですか？」

春にここを訪れて半年。その時から比較するとかなり発展している街の様子を見ては、驚いたり喜んだりしているヴィクトリア。

冒険みたいと言ったヴィクトリアの言葉に、帝国の皇女のままだったら、こうして街に出て、ふらっとどこかへ行くなんてできなかっただろう、そして自分も誰かとこうして街へ連れだって出かけるなんてこともなかっただろうと、アレクシスは思った。

そして収穫祭。小さなリンゴの実が秋の陽射しを受け、街路樹には帝国の各領の小さな旗を連ねた飾りがはためいていた。

ウィンター・ローゼの商業地区は大賑《だいにぎ》わいで、大通りには屋台がひしめいて、人々が行き交う。

肉の串焼きや果物、野菜の安売り――この地にやってきた商隊も許可さえ取っていれば店を出せるので、いつもより多くの屋台が立ち並び、辺境領ならではの魔獣の焼き肉の屋台が意外にも人気で、人が列をなしている。それに劣らない行列を作っているのが、フォルストナー商会のケヴィンがアイテム・ボックスで運んできたニコル村の海の食材。魚介の串焼きが人気のようだ。

そんな中、クリスタル・パレス前でヴィクトリアが収穫祭開始の挨拶をする。

「今年できたこの街、ウィンター・ローゼの最初の収穫祭です!!　豊穣の女神ディーナ様に感謝をささげます！　ナナル村からこのウィンター・ローゼに来てくれたみんな！　ありがとうございます!!　観光客の皆さんも！　この辺境北部ウィンター・ローゼの秋の収穫を楽しんでください！　収穫祭始まります！」

ヴィクトリアが収穫祭開始を宣言すると、拍手と歓声が沸き起こった。

その様子を後ろでアレクシスと一緒に見ているのは、ヴィクトリアの姉である第一皇女エリザベートとハルトマン伯爵だった。

以前、アレクシスの父親が土産として持ってきて、クリスタル・パレスで試験的に栽培した稲を収穫祭の時に刈り入れるので、時間があればとヴィクトリアが招待したのだ。

初夏に完成したばかりだった複合施設アクアパークや、巨大温室公園クリスタル・パレスのお披露目に招かれた時よりも、街自体に人口や店舗が増えて発展している様子を、エリザベートは素直に褒めた。

「ヴィクトリア、フォルクヴァルツ卿《きょう》。前回の訪問から半年もたっていないが、その時と比較すると、かなり街らしくなってきているではないか」

エリザベートに褒められて、ヴィクトリアは嬉《うれ》しそうな笑顔をアレクシスに向ける。

収穫祭のイベントとして、そのクリスタル・パレスに植えた稲を刈り取ることも予定されていて、そこには貴族の観光客も見学にきていた。

学芸省からは一掴《つか》み分で結構ですと言われていたが、何束か刈り取り、エリザベートとハルトマン伯爵も飛び入り参加するというサプライズもあって、貴族たちも自分の領地に戻った時には、少しは農作業に関心を示すのもいいかもと思っていた。

そして、このウィンター・ローゼで農業に従事している領民は、いつものように姫様は魔法を使って刈り入れするとばかり思っていたが、あくまでも貴族の領地統治者としての立場を外れず、領民に任せるヴィクトリアを見て、見た目は変わりはないけれど、内面は少しご成長されたのだなと感慨にふけっていた。

そんな様子を見ていたエリザベートは、ふと風車の付いた建物に注目し、ヴィクトリアに尋ねた。

　ハルトマン伯爵も街中に風車とは、ずいぶん人目を引く建物だと思っていた。

「ヴィクトリア、赤い屋根に風車がついているあの建物は何だ？　なんだか可愛いらしいではないか。もう少し傍《そば》で見てみたい」

　いつもの威厳たっぷりの雰囲気とは異なる、子供のような無邪気なエリザベートの問いかけに、ヴィクトリアは姉の袖を引いた。

　エリザベートが少し腰を落としてヴィクトリアの顔に自分の顔を近づけると、妹は扇を広げて、姉の耳と自分の口元を隠して建物の内容を伝える。

「ふうん……なるほどな」

　何のための建物か知っても、エリザベートはそちらへ向かって歩いていくので、護衛についていた第七師団の団員たちは、心の中で慌てふためいていた。

　店の前までいくと、ちょうどマリアが用心棒を伴って外に出てきたところだった。

「あ、マリアさんー！」

　ヴィクトリアがマリアを呼び止めると、マリアはカーテシーをしてヴィクトリアの言葉を待つ。

「お出かけですか？」

「店の子たちにちょっと差し入れをと思いまして……たくさん屋台も出ていると……」

マリアはそう答えたが、ヴィクトリアと連れ立っているエリザベートを見ると、驚いて息を呑《の》み、声をあげないように手で口を押さえた。

そして慌ててエリザベートに向かってもう一度カーテシーをする。

まさか帝国の次代女帝が一緒にいるとは思わなかったようだ。

「よい、面《おもて》を上げよ。詳細はヴィクトリアから聞いた。もしよければ私からここの店の娘たちに差し入れを出そう。妹が世話になっているのだ」

「きょ、恐縮でございます。もしもお時間がございますならば、本日、収穫祭ということで私の舞台がございます。お目汚しかもしれませんが、ご招待いたしたく……」

時間を区切って、表向きは歌や踊りを見せる小劇場としての体裁を整えている娼館《しょうかん》だからこそできることだ。最近では観光で来ている貴族の女性も、ショータイムにはこのムーラン・ルージュに足を運ぶという話は、ウィンター・ローゼで広まっていた。

「そうか、楽しみにしている」

エリザベートのこの一言に、恐縮しきりのマリアだったが、護衛として従っている第七師団の団員たちの胸中は……。

――エリザベート殿下の護衛で、もしかしたら、我々も!?

――実はオレここ入ったことない！

――いいか、にやけるなよ、いまは護衛中だから！　任務中だから！

――てか、ウィンター・ローゼの歌姫、イイ！　すごくイイね！

――はやく夜にならないかなー！

こんな感じで狂喜乱舞だったという……。

そして商業地区はこの収穫祭の期間中に限り、日が落ちても営業を行う。

メインストリートを占める食の屋台も、その日の食材が切れるまで開いていた。

エリザベート殿下が舞台鑑賞という口コミもあって、宵《よい》の口には、ムーラン・ルージュの座席は既に売り切れ、立見席でも整理券を配るほどだったという。

次代の皇帝、否、女帝を招いての舞台。歌姫の名が知れ渡り始めたマリアの舞台は見事で、エリザベートは感心した。

そんなふうに、人々は収穫祭の一日目を楽しんだ。

予定ではあと二日間収穫祭が行われる。ヴィクトリアは二日目にオルセ村の収穫祭とニーナとヘンドリックスの結婚式に出て、三日目にニコル村の豊漁祭に出席予定だ。これにエリザベートとハルトマン伯爵も同行することになっている。

そして現在、ゲストルームとして使用している領主館別館は、マルグリッドの置き土産として渡された設計図により改装中なので、エリザベートはこの日、ウィンター・ローゼの商業地区にある高級ホテルに滞在することになっていた。

「雪が降る前に絶対完成させるって、工務省の人が頑張ってて……なので貴賓館としても遜色《そんしょく》のないホテルを押さえています。そこで姉上とハルトマン伯爵へのお願いですが、貴賓館として接客対応とか食事とかが、貴族の人を観光でお迎えしても問題ないか、ご覧になって批評していただきたいのです。貴族の観光客の人も少し増えたので……対応に問題はないと思うのですが……」

ヴィクトリアのその言葉を聞いたエリザベートは、アレクシスを見る。

「聞いたか？　フォルクヴァルツ卿《きょう》、ハルトマン卿。ヴィクトリアは、使えるものは、次代皇帝だろうと使うのだ」

「だって、黒騎士様の領地、すごいって思われたいの！　この国のみんなに！　この領地のみんなが、いつも元気で頑張ってくれるいい領地にしたいの！」

ぐっと握り拳を作って姉を見上げる。

「よしよし、わかったわかった」

末の妹には甘い姉は、ヴィクトリアを宥《なだ》めすかす。そして宥めながら、もしも自分に何かあった場合、結婚もせずに世継ぎがいない場合、五人の妹たちから後継者を選ぶなら、このヴィクトリアにすべてを託すだろうと思った。

翌日、オルセ村の収穫祭に、ヴィクトリアはエリザベートと一緒に出かけた。

オルセ村への道中は、秋の深まりとともに森が緑から黄色や赤に色づいていて、その景色を見るヴィクトリアははしゃぎまくりだった。

　オルセ村につくと村人たちが、一行を出迎えた。

「姫様～」

　白い花嫁衣裳を着たニーナが、元気よくヴィクトリアに手を振る。

　つましい村人の花嫁衣裳だから、豪華なドレスというわけにはいかないけれど、いつも狼《おおかみ》二頭を引き連れて狩りをする彼女にとっては、最上級のおめかしだった。

「ニーナさん！　素敵！　綺麗《きれい》！」

　ヴィクトリアはニーナの手を取る。

「なんか普段着なれない裾の長い服だから、違和感があるんですよ」

　白いスカートの裾を指でつまみながら、ニーナはそんなことを言った。

「あ、そんなことよりもまずは、お礼を！　ヴィクトリア殿下、こんな素敵なベール、わたしがいただいてもよろしいのでしょうか!?」

　ニーナは髪に白い野の花を飾り、光沢と透け感のある白いベールをまとっていた。

　このベールは元シュリック子爵領の縫製業者たちが魔獣の素材を使って製品化したものである。エリザベートはそのベールを手に取って、何やら考え込んでいる。

「それは元シュリック子爵領の業者が作った布ですよ、姉上」

「あまり見たことのない生地だな」

「姉上がおっしゃったではありませんか。ここは生態系が違うから絹糸一つでも違いがあるかもしれないと。わたしはそれを受けて、いろいろ探して研究してもらい、彼らに試作を頼みました。これは魔獣のツリー・シュピンネの糸から作られています」

「ほほう」

魔獣の糸を加工したベールをまとうことに拒否感がないのだろうかと、エリザベートは花嫁のニーナを見つめる。

「ツリー・シュピンネは鉱山の麓《ふもと》の森に生息している魔獣です。大きさはこの手のひらぐらいです。毒はありませんが、巣を張る糸が強力なんです」

ニーナが魔獣の説明をすると、エリザベートは興味深そうに彼女の言葉に耳を傾ける。

まさか花嫁の口から魔獣の解説が出てくるとは思わなかったのだろう。

しかしヴィクトリアから、第七師団がこの辺境に配属されるまでは、オルセ村だけでなくニコル村やイセル村までの広い範囲を、ニーナと狼《おおかみ》のクロとシロとで魔獣や害獣を撃退していたことを聞かされて、エリザベートは納得した様子だった。

「ヴィクトリア殿下から、絹を作るから蚕《かいこ》を探すように依頼され、これも生地の素材になるのではと提案したところ、殿下がすぐに手配してくださって製品化に成功したと伺っています」

その製品がまさか自分のウェディング・ベールになるとは思わなかったので、ニーナはいろいろと思い入れもあって嬉《うれ》しそうだった。

「一生に一度の結婚式ですから！　素敵です！　いいな、いいなあ〜、わたしも早く花嫁衣裳着たいな！」

そのヴィクトリアの発言を聞いて、エリザベートがアレクシスを見ると、彼はいつものように無表情かと思いきや、ヴィクトリアの発言に苦笑していた。

司祭役の村長が花嫁を促す。

広場中央の噴水の前に臨時に祭壇を設《しつら》え、その前にヘンドリックスとニーナが並んだ。

ニーナは花嫁衣裳だが、ヘンドリックスは軍服だ。

「この収穫祭の佳《よ》き日に、この村の者が結婚の誓いをいたします。ヘンドリックス・ブラウトは、ニーナ・ローエを妻とし、病める時も健やかなる時も、これを助け、これを敬い、愛することを誓いますか？」

「はい、誓います」

ニーナ・ローエはヘンドリックス・ブラウトを夫とし、病める時も健やかなる時も、これを助け、これを敬い愛することを誓いますか？」

「はい、誓います」

いつもの田舎訛《なま》りではなく、司祭風に厳かに話す村長。

参列している者も、厳粛な気持ちで、式に臨んでいた。

「指輪の交換を」

村の小さな子供が指輪が二つ入った箱を持ってきて、二人の前に小さな腕を伸ばす。

「ありがと」

そう小さく呟《つぶや》いて、ヘンドリックスがニーナの薬指に指輪をはめる。

ニーナも同じように、子供にお礼を言って、もう一人の子供にブーケを預かってもらい、ヘンドリックスの指に指輪をはめた。

そして子供からまた、ニーナはブーケを受け取った。

「では、誓いのキスを」

村長の言葉に、ニーナとヘンドリックスは固まる。

「え？」

「えー！　省略って村長は言ったじゃないですか！」

花嫁と花婿は、ヴィクトリアだけではなくエリザベート殿下も参列されているので、誓いのキスは省略と打ち合わせをしていたのにと、村長の言葉に驚きの声をあげる。

「はよ、したらええべ。もたもたしてっと、収穫祭終わっちまうだよ」

村長は片目をつむって、そんなことを言う。

「そうだそうだー！　豚の丸焼きが焦げちまうぞー」

「ワイルド・ボアの煮込みとかもあるんじゃぞ！　鍋のスープも沸騰しちまうぞー」

「わしゃ、はよエールが飲みたいんじゃあああ」

村の若い者だけではなく年寄りたちも元気がいい。それに合わせるように子供たちもはやしたてる。

「早く、早くー！」

「ちゅーしないと！」

指輪を持ってきた子供もそんな声をあげる。

ニーナはモジモジしていたが、ヘンドリックスがニーナの腕をつかんで引き寄せ、唇にキスを落とすと「わあ」とか「おお」とか声がして拍手に包まれた。

「一組の夫婦の誕生です。オルセ村の収穫祭、始めるだよー！」

村人たちがわあっと歓声を上げて、それぞれの持ち場に散る。肉を焼く者、煮物を皿に盛る者、エールを配る者、楽器を持ち出して奏でる者。賑《にぎ》やかに楽しくニーナとヘンドリックスを祝い、祭壇に供物《くもつ》を捧げる。

そこへ、小さな灰色の影がタタッと足元を横切ってくる。ヴィクトリアの前で止まって、ワンともアンともつかない、可愛い鳴き声を上げる。

「あら……アッシュ」

ヴィクトリアはその灰色の子狼《こおおかみ》を抱き上げた。

「アッシュ！　お前もニーナさんのお祝いをしたいのね！」

しっぽをパタパタさせて、『アン』と返事をする。

「生まれた時はこーんなに小さかったのに、でもまだ抱っこできる大きさで可愛い～。わたしがここに立ち寄る度に、挨拶してくれるのね！　嬉《うれ》しい！　いい子！」

『アン』

「それとも、収穫祭に出てる美味《おい》しそうなごちそうの匂いにつられてやってきたのかな？」

「違うって、言ってます」

ニーナはアッシュの言葉をヴィクトリアに伝える。

「ヴィクトリア殿下の匂いがしたから、お傍《そば》に来ましたって」

「えー本当？　嬉しい、アッシュ可愛いー！」

ヴィクトリアはアッシュをギュッと抱きしめる。

そんなヴィクトリアに、アレクシスがグラスを渡す。

「え？　何？」

ヴィクトリアはキョトンとするが、傍にいる姉が、グラスを見つめる。

「ヴィクトリア殿下とエリザベート殿下には、こちらをぜひと、村長が」

形のよいグラスに注がれた飲み物を見つめる。

「エール……じゃない？」

「シードル……リンゴ酒だな。このグラスも酒落《しゃれ》ている」

グラスから僅かに香る芳香で、エリザベートが言い当てる。

エリザベートが褒めた酒落たグラスは、ゲイツが作ったものだった。ナナル村の雪崩《なだれ》からオルセ村に避難した際にここで鍛冶《かじ》を始め、いろいろ作っていたその名残だった。

「シードル！　リンゴ酒‼　黒騎士様はオルセ村のエールじゃなくて大丈夫ですか？」

アレクシスが、このオルセ村のエールを気に入っているのを知っているヴィクトリアは、小声で尋ねる。

「部下のハレの日ですから、こちらを。あとでエールもいただきます」

「わたしも飲んでいいのかな」

「殿下は一応、社交界デビューしている成人ですから」

そう言われて、ヴィクトリアも嬉しそうにグラスを手にする。

「みんなさー、エールやシードルを持っただかー？」

「持っただよ！」

あちこちでそんな声が上がる。

「んだば、姫様、乾杯の音頭お願いしますだ」

いきなり村長から頼まれて、ヴィクトリアは驚く。

「わ、わたし⁉」

「んだ、領主様にお願いしたらば、姫様の方がええと」

「黒騎士様……」

「ぜひ、殿下にお願いしたいのです」

ヴィクトリアは一瞬ためらうが、アッシュを下ろして、グラスを軽く上げる。

「では、オルセ村の豊作とニーナさんとヘンドリックスさんのご結婚を祝って！　来年もそのまた次の年も豊作であるように祈って、乾杯！」


『かんぱーい!!』

村人たちが一斉に唱和する。その声を皮切りに、ところどころでエールのジョッキを互いに打ち合わせ、ゴツッと音を立てている。

その様子を見て、ヴィクトリアも自分のグラスをエリザベートとアレクシスのグラスにカチンとぶつけたそうにしていた。貴族としてはマナー的には問題があるが、周囲の楽しそうな様子を見てやってみたくなったらしい。

エリザベートはそんなヴィクトリアの様子を見て、ヤレヤレと肩をすくめながら「この場だけだぞ」と呟《つぶや》く。ヴィクトリアはうんうんと頷《うなず》いて、カチンとグラスの縁を当てる。

「黒騎士様も！」

アレクシスもグラスを当てる。

「さすがゲイツさん、グラスも素敵、いい仕事してます」

「ゲイツ？」

「多分、このグラスを作った人です。現在、ウィンター・ローゼの工業地区で技師長をしてます。クリスタル・パレスのガラスも作ってくれました」

「……いい人材が揃《そろ》ってるな……」

「でしょう、姉上。それにそのシードル、ぜひお召し上がりください」

ヴィクトリアに勧められてシードルを口にすると、エリザベートは目を見開く。

「美味《おい》しいでしょ？」

「驚いた……確かに、香り高いとは思っていたが、口に含むと細かな泡が味に華やかさを出してくる、色も綺麗《きれい》だ」

「シュワルツ・レーヴェは食材が豊かな領地です、でも国全体にそれを知らしめるのには、圧倒的に農業、畜産の事業者が足りないのです」

「ハルトマン領からも……こういった仕事をしたいと思ってる者がまだいるかもしれないな。伯爵も……こういった自然に携わる仕事の方が好きであろう？」

エリザベートの言葉に、ハルトマン伯爵は微笑《ほほえ》む。

「私は、自分の領民が飢えることなく、毎日を笑顔で過ごせればそれに越したことはないと思っております。領地持ちの領主としてはそれが何よりではないでしょうか？」

「伯爵はそう言ってくれるが……本当にあの土地は植物の育成が悪すぎて、これでも私もいろいろ試したのだぞ？」

エリザベートはヴィクトリアに言う。

ハルトマン伯爵領の再建当初、伯爵の魔力を損なわずに内政を、土魔法で農業をという希望を汲《く》んで、エリザベート自身も広範囲で開墾の土魔法を行使したのだが、初代皇帝が敷いた、魔獣除《よ》けの魔石を用いた魔術式が強力すぎた。

「あんな複雑で強力な術式、今現在帝国で作れるのは多分ロッテぐらいだろう。だが、そのロッテも匙《さじ》を投げたのだ……」

「でも、その術式が発見できたのもエリザベート殿下とロッテ様のお力があってこそですす。昔の術式の外にある辺境に近い伯爵領では、植物も育成されることが判明したのですから。それに、綿や麻の育成も改良の余地はあるでしょう。私の魔力も無駄にはならないので、お気になさることはありません。殿下」

「ハルトマン伯爵……優しい……メルヒオール義兄上《あにうえ》よりもずっと……！　わたしお義兄《にい》様《さま》ならばこういう感じの方が理想ですよ！　ハルトマン伯爵にお義兄様になっていただいて、カール義兄上ってお呼びしたいわ!?」

ヴィクトリアの発言に、エリザベートはぎょっとする。

「なに、トリア、お前、シードルごときで酔ったのか⁉」

「酔っていません。メルヒオール義兄上って、ちょっとマルグリッド姉上以外には結構辛《しん》辣《らつ》なところがありますし。カサル王子は王子で、義兄様とかお呼びできないほど遠くにいらっしゃいますし。別に深い意味はないです」

澄まして言うヴィクトリアを見て、エリザベートはため息をつく。

「……こういう感じで、フォルクヴァルツ卿《きょう》を困らせているのか……」

「困らせていません！」

「すまないな、フォルクヴァルツ卿。ついついトリアが可愛くて甘やかしてしまったので、卿に迷惑をかけていないといいのだが」

さりげなく話をそらされたヴィクトリアは、アレクシスの前に立ちふさがり、そんなことない、と無言の抗議をしている。

その仕草が可愛くて、エリザベートは苦笑する。

「それよりもトリア、このシードル、流通させせたら、私は個人的に購入したい」

「姉上……」

「気に入られたようですねエリザベート殿下」

ハルトマン伯爵の言葉に、エリザベートは頷《うなず》く。

「うむ。このグラスを作った者に、これに合う洒落《しゃれ》たビンを作らせておけ。ラベルのデザインは……」

「もちろんシュワルツ・レーヴェの領旗にします！」

ヴィクトリアの素早い提案に、エリザベートは笑って頷《うなず》く。

その様子を見て、アレクシスとハルトマン伯爵は内心「やはり……ご姉妹……」と呟《つぶや》くのだった……。


そしてこの辺境領を挙げての収穫祭三日目に、ヴィクトリアはニコル村を訪れていた。

鄙《ひな》びた漁村を想像していたエリザベートだが、村というよりも街に近く、店舗が建ち並び、村民も多いことに驚いた様子だった。

これは外務省がサーハシャハルの使者を迎えに来るまでの間、ヴィクトリアが一月近く滞在していたことや、造船所や軍港を建造するためにロッテが来たことで、急ピッチで開発を進めたからだった。

「エリザベート殿下！　ヴィクトリア殿下！」

ヴィクトリアたちを出迎えたのはシャルロッテだ。

ニコラスをはじめ、ニコル村の村人もヴィクトリアの一行を歓迎する。

「ヴィクトリア殿下とロッテ様が夏の間この村にいてくださったおかげで、お店や村人が増えましただ！　ウィンター・ローゼで開かれていた収穫祭の出店や宿などにも、卸す量が増えておりますだ」

「ウィンター・ローゼの屋台でも、ニコル村の焼き魚は大人気でした！　今日はわたしの姉上も一緒に豊漁祭に来ました！」

潑剌《はつらつ》として明るいヴィクトリアの言葉に、村長のニコラスはヴィクトリアを見つめる。

「殿下の姉上様……ヒルデガルド殿下だか？」

「いいえ、一番上のエリザベート姉上です！」

ヴィクトリアは、ぱっと両手を広げて、姉のエリザベートを、村長のニコラスをはじめとする村人たちに紹介する。

「えええええ、エリザベート殿下っ!!」

帝国の次代女帝。

その場の村人たちがひざまずこうとするのを、エリザベートは畳んだ扇で制する。

「よい、公式訪問とは違ってお忍びだ。オルセ村でもそうだった。ヴィクトリアの姉の一人として村を訪れただけだ。なに、末の妹がシュワルツ・レーヴェはいい所だとしきりに褒めているのでな、いつも通りで構わんぞ」

「は、はい」

どうしよう、とニコラスはアレクシスに視線を送る。

「殿下のおっしゃる通り、普段のままでいいぞ、ニコラス」

「は〜びっくりしただ〜」

「姉上は結構気さくです。領民のことをよく考えてご自身の領地やハルトマン伯爵領の再建をされています。帝位継承権第一位の次代皇帝とは思わず、わたしの姉に、この村の良さを紹介してください！」

ヴィクトリアの言葉に、ニコラスは気を取り直す。

一月近くの逗留《とうりゅう》の間、時折ヴィクトリアが床に臥《ふ》していたことを知る村長のニコラスは、今日はヴィクトリアの大好きな姉君や黒騎士様と一緒に、この村の美味《おい》しいものを食べて元気でいてほしいと思ったようだ。

「んだば、こちらへどうぞ！　ニコル村の豊漁祭、魚市場での大魚の解体をこれから始めますだ！」

ニコラスは気を取り直して、ヴィクトリアの一行を、この豊漁祭のために設《しつら》えた解体用スペースの前に案内する。

そこには、大きな魚がドーンと鎮座していた。

「ここにあるのは、重さが二百キロほどのトゥーンフィッシュですだ。解体するのはトゥーンフィッシュを扱って二十年のベテラン、ヘルムートだべ！」

ヴィクトリアは最前列に座って、キラキラした瞳で魚を見て、「すごおおい大きい！」と声を上げる。

皇女らしからぬヴィクトリアのその無邪気な様子に、魚同様に固まっていたヘルムートは、緊張から解けたようだった。

そして気合を入れるように、両手でパンパンと自分の頬を叩《たた》く。

「じゃあ、姫様、始めるだよ！」

ヴィクトリアがパチパチと拍手をすると、エリザベートも妹と一緒に拍手をする。その二人の拍手で、連鎖的に会場が拍手に包まれた。

解体用スペースの奥にはトゥーンフィッシュの絵が描かれており、食材となる部分が誰にでもわかるように図解されている。

「頭の部分も食べられる部位は多いですだ。特にこの頬肉は旨《うま》いですだ」

ヘルムートは牛刀でしっぽと頭を落とした。

この大きな魚を解体するには普通の包丁では無理だと説明する。そして解体する部位によって、包丁を取り換える。

「今までは、解体したら加熱して食べるのが主流でしただ。でも、春先に海の向こうの大陸から商隊が偶然来て、生で食えると教わり、この豊漁祭で美味しく食べられるように、村のみんなで試してみましただ」

「生で!?」

「その時に、生で食べる魚に合う調味料さももらっただ。魔法で保存ができる瓶もあるだで、この日のために、取っておいただ」

頭としっぽを落とした大きなトゥーンフィッシュの胴体に刃先をぐっと入れて、中骨に沿って三枚におろしていく。

「殿下、このスプーンさどうぞ」

ニコラスにスプーンを渡されたヴィクトリアに、ヘルムートは中骨の部分を指し示して言った。

「殿下、この骨についてる身の部分を掬《すく》ってみてくだせえ」

ヴィクトリアは興味深々で、大きな中骨を前にしてためらうことなく、示された部分にスプーンを当てて、身をこそぎ落とす。

食べてみるだとヘルムートが頷《うなず》くので、それを口にする。

食べた瞬間に、ヴィクトリアは目を輝かせた。

「お肉みたい！　このお魚、お肉みたいな味がします。姉上も黒騎士様もどうぞ！」

ヘルムートが、スプーンをエリザベートとハルトマン伯爵、アレクシスに渡す。

そしてこの骨の部分ですと言われたところに付いている身を、スプーンでこそぎ落として、それぞれ口に入れた。

「これは……」

「肉だな……」

「魚とは思えない……」

三人とも驚いた様子だった。見た目は魚なのに、味は肉のそれに酷似していた。

「中落ちと言いますだ、まだ他にも、美味《おい》しいところはあるだで」

半身になった二枚をさらに縦に割る。これでトゥーンフィッシュの解体が終了。この五枚に卸した部分から好みの部位を分けると、ニコラスが説明する。

「味の違いさ見るため、各部位から少しずつ、試食してみてくだせえ。これは殿下たちがここへ来る前に解体したやつだが、外の国から来た珍しい調味料で漬け込んだものですだよ」

赤茶色になっているそのひと切れの下に、穀物の小さな粒が見える。

「これをサーハシャハルの穀物を炊いたやつの上にのせて食うと旨《うま》いだ。トゥーンフィッシュの中で一番わしらがたくさん食べる部位だで」

「んー何これ、何？　この調味料とお魚のしっかりした味と、あとこれ、サーハシャハルの穀物ってライスですよね？　今、ウィンター・ローゼのクリスタル・パレスでも試験的に栽培しています」

「おお、さすがですだ。この部位は赤身と呼んでおりますだよ、赤身を漬け込んだのでヅケと言われてますだ」

「この調味料が、春先に来た他国の商隊が持ち込んだものなのだな？」

アレクシスの言葉の後に、エリザベートがポツリと呟《つぶや》く。

「醤油《しょうゆ》だな」

その一言に、ヴィクトリアは姉を見上げる。

「え？　姉上はご存じなのですか？」

「サーハシャハルにもあるらしい。自作しているのか、このニコル村に持ち込んだ商隊の国から買い入れているのかはわからないがな。さすが大陸一の海運国だ。しかしこの辺境でこれを目にするとは思わなかった」

「醤油……不思議な味……。このお魚にすごく合う」

「んだ」

「次は、これだで。この腹の真ん中部分からちーとばかし下の部位。食べてみてくだせえ。エリザベート殿下と領主様と伯爵様は、これもちょっと付けるといいだよ？」

醤油の入った小皿にグリーンのハーブを練ったようなものが添えられている。

「ハルトマン卿《きょう》、その緑色のヤツはほんの少しにしておけ。味が締まるが、刺激がかなり強いからな」

「これもご存じですか？」

「まあな」

ヴィクトリアは次に勧められたピンク色の一切れを口にする。

「！」

「どうですだ？」

「口に入れたら、溶けました！」

「はははは、溶けたべ？　赤身よりも油がたくさん含まれてるからですだ。でも赤身が持つ魚のどっしりとした味も残ってるので、その触感と味から中トロといいますだ」

「身の油が濃厚だからな、ワサビがあると締まるんだ」

エリザベートは外交関係で、他国にもよく足を運んでいる。

大陸一の海運国であり第五皇女グローリアの嫁ぎ先のサーハシャハルで、これらの珍しい物を食したことがあるのかもしれないと、ヴィクトリアは思う。

「ワサビって、その姉上たちのお皿にある緑のハーブ？」

「まあ……ハーブなのかな……たくさんつけると鼻と目にクルぞ。子供には刺激が強い味だ」

「ちょっと待って姉上！　わたし一応十六歳です！　社交界デビューした大人です！」

ぷくっと頬を膨らませる。

アレクシスがほんの少しワサビをつけた中トロを、ヴィクトリアに差し出す。

「黒騎士様、あーん」

そのまま口に入れてと、ヴィクトリアがせがむ。

いや、十六歳の大人はしないだろうと、横でエリザベートがぼやくが、婚約者だからいいのですと言い返してきた。

アレクシスが、フォークでヴィクトリアの口の中に一切れ入れてくれた。

濃厚な味が口の中に広がるが、ワサビ付きの味わいはまた違うようだ。

「んん～ずるい～美味《おい》しい～」

「ヴィクトリア、大人の味覚があるのか」

「だから大人なんですってば！　ピリッとしてて美味しい！　甘い身が引き締まるって本当ですね！」

「さ、それよりさらに、甘い部分ですだ。ヘルムート、頼むだよ」

今度はヴィクトリアもちょっぴりワサビを付けて、さっきよりもさらに薄いピンク色の一切れを口にした。

「んー何、すごいこれ、さっきの中トロってまだお魚の身の味が残ってましたけど、これ、これ、さらにお肉!!」

「大トロですだ」

「美味《うま》いな……おろしたては鮮度が違う、これ少し持って帰っていいか？　メルヒオールとマルグリッドの土産にしたい」

ヘルムートが心配そうに言う。

「劣化が早いですだよ？」

「問題ない、アイテムボックス持ちだ」

「あ、さすがエリザベート殿下、それをお持ちでしただか、なら大丈夫ですだ。鮮度はその中ならそのままですから～」

「うふふ、マルグリッド姉上とメルヒオール義兄様《にいさま》、きっとびっくりしますね！」

「早く鉄道をつなげろと、せっつくこと間違いなしだ」

「アイテムボックスがあるなら、殿下、これもお土産にお持ちくだされ」

ヘルムートは切り落とした頭の部分の皮をそぎ取り、頭の身の部分を切り取っていく。

「ハチノス、脳天とも言いますだ。この魚の大きさで少量しか取れない貴重なもんだども、ここの劣化も早いんで」

「すまないな」

切り取った各部位を包んでエリザベートに渡すと、エリザベートはそれを自分のアイテムボックスにしまう。

この後も、カマの部分の塩焼きや、尾っぽの身のソテーなどが、ヴィクトリアたちに試食として供された。

ヴィクトリアたちが試食をしていると、解体が済んだ部位が別の場所に運ばれ、賑《にぎ》やかに取引が始まった。

大きな魚を解体した部位の量り売りが豊漁祭のメインイベントのようで、その場から陽気な声が上がる。

ちなみに、後日、ヘルムートにはエリザベートから名前が刻印された立派な包丁が贈られたのだった。

七話　――ロング・レールウェイ・クリエイト！

豊漁祭を楽しんだ後、一行はヴィクトリアが掘削した温泉を引いた公衆浴場の建物を視察した。

工務省建設局のスタッフもこの日は休みを取って、豊漁祭を楽しんでもらいたいということで、軍港と造船所の進捗状況を報告する担当として、シャルロッテが案内役を買って出ていた。

第四皇女という身分を隠している彼女は、いつものように魔導開発局顧問の肩書の立ち位置を崩すことなく、ヴィクトリアとエリザベートに接していた。

「ロッテ様……お休みのところ、案内をお願いしてしまって……」

ヴィクトリアがそう言うと、シャルロッテは両手を振った。

「いえいえ、両殿下のご案内を任されて私も先ほど魚の試食をさせていただきましたし、役得でしたよ！　エリザベート殿下もハルトマン卿《きょう》もご壮健で何よりです」

「ロッテ様もお元気そうで何よりです」

ハルトマン伯爵も、ついこの間まで自領の再建に携わってくれていた人物が元気そうで安心したようだった。

「はい。いやーしかし魚市場では、初めて食べる物がいっぱいあって、素晴らしい海の幸を堪能しました」

「美味《おい》しかったですよね」

「はい、とっても！　さて、開発中のニコル村の現況を、エリザベート殿下とフォルクヴァルツ辺境伯にご説明いたします」

ついこの間までヴィクトリアもこの地にいたので、だいたいの進行具合は把握していると察し、今回は次代の女帝と、不在だった領主に説明をする。

シャルロッテは工務省が手掛けた公共の公衆浴場を案内していく。そこは春先にヴィクトリアが掘削した温泉を、ニコル村の地下に張り巡らせるように引いたもので、その周辺には飲食店なども増え始めている様子だった。

ニコル村の新たな商業地区の前進ともいえる発展ぶりだった。シャルロッテは再開発用の地図を広げ、エリザベートと、子爵領改易のために不在だったアレクシスに説明していく。

「私がエリザベート殿下から派遣された時は、すでに工務省がこの公衆浴場を完成させていました」

ヴィクトリアが一番最初に温泉を掘削した時、海で仕事をする村人や、帝都から派遣されて軍港を担当している工務省の職員に利用してもらいたいと思い、工務省に工事を急ぐように指示した結果だった。

「その公衆浴場を中心にして、新規の店舗が増えたので、ニコル村の新しい商業地区を、ここから西側……ウィンター・ローゼ方向へ広げていく形になります。そして、鉄道はその新たな街を終点としたいとヴィクトリア殿下が提案されていました。この先はまだまだ手付かずですが、地図上では、ここが帝国横断鉄道の最終駅の予定地となります」

シャルロッテが魔法で空中に展開させた地図を、細長いワンドで指し示す。

「現在はこの予定地周辺に宿泊施設を建設中です。今のところ利用するのは軍や工務省の方です。宿が一軒建つだけでも、開発者たちは便利になったと喜んでいます。シュリック子爵領からの移住者によって、宿屋や店舗での働き手も増えています」

地図を示しながら次々に解説していく。

「ニコル村は現在、このような感じです。エリザベート殿下、この辺境領に雪が降る前に、天候の良い日を選んで例の計画を実行されますか？」

例の計画――ハルトマン伯爵領からこの辺境領シュワルツ・レーヴェのニコル村まで、術式と魔石、エリザベートとヴィクトリアの魔力によって双方向長距離魔法を展開し、線路を作るのだ。

この最終地点ニコル村から、エリザベートのいるハルトマン伯爵領への線路作製は、普段のヴィクトリアなら可能だが……たびたび発熱し、床に臥《ふ》せることも多いという彼女の体調を聞けば、躊躇《ちゅうちょ》してしまう。

そんな末の妹も黒騎士の手を取って、一緒に説明を聞いていた。

シャルロッテはエリザベートがいろいろと思案している表情に気づき、ワンドを一振りして地図を消す。

「ロッテ、工務省と相談するべき事柄だが……ここからウィンター・ローゼまで、工務省で線路を作製できないものかな？」

「春になると、魔獣が活発に動き始めますから難しいですね。それに、ここだけではなく学園都市に人員を割いていますし」

「……」

「エリザベート殿下」

ハルトマン伯爵がエリザベートに声をかける。

「うん？」

「一つ提案があるのですが……」

エリザベートはハルトマン伯爵の言葉に耳を傾けた。

ヴィクトリアたちはウィンター・ローゼに戻り、エリザベートとハルトマン伯爵も再建中の伯爵領へ帰ることになった。

姉上と楽しい収穫祭を過ごしたヴィクトリアは、名残惜しそうだった。

「お忍びはいつも楽しいものだが、今回は特に楽しかった、ヴィクトリアありがとう」

エリザベートが帰り際にそう言った。

「アレクシスもヴィクトリア殿下も、また私の領に遊びにきてくださいね」

「はい。またお邪魔したいです！」

ハルトマン伯爵とヴィクトリアが笑顔で別れの挨拶をしているのを見て、エリザベートはアレクシスに声をかける。

「フォルクヴァルツ卿《きょう》、耳を貸せ」

「？」

ヴィクトリアから少し離れた場所で、扇で隠すようにアレクシスに耳打ちする。

「トリアの体調だが、アレは多分、誰にでも起きるものだ。成長期だ。案ずるな」

エリザベートがアレクシスに耳打ちしている様子を見て、ヴィクトリアは声を上げる。

「えーひどーい！　内緒話っ⁉」

アレクシスは、プンプンと怒っているヴィクトリアを見つめる。

「ただ……トリアの場合は……特別だからな、もし何かあったら、手紙をよこせ」

「御意《ぎょい》」

アレクシスがそう答えると、エリザベートもヴィクトリアを見る。

「やきもち妬きはみっともないぞ、トリア」

「ほどほどのヤキモチならいいの！　その証拠にわたし、いま、ものすごーく我慢してましたよ！」

アレクシスとエリザベートが並び立つと、身長的に釣り合いがいい。

二人とも見た目もカッコいいので、ヴィクトリアは自分の見た目の幼さというコンプレックスが刺激されたのだが、決して二人の会話に割り込まなかった。

「トリアのそういうところが可愛くてな、許せ。トリアは可愛いだろう？　フォルクヴァルツ卿《きょう》」

「……」

アレクシスは言葉にしなかったが、ヴィクトリアに手を差し伸べた。するとヴィクトリアは素直にタタッと走り寄って、アレクシスの手を握った。

その様子から、二人の距離はかなり近づいているようだとハルトマン伯爵は思った。

ヴィクトリアがアレクシスに積極的にアプローチするのはよく目にしていたが、今のように黒騎士といわれる男が、他の誰かに手を差し伸べるのは見たことがない。誰に対しても少し距離をおく彼が、こんなふうに自分から意思表示するのは、仕事以外では多分幼馴染《おさななじみ》のハルトマン伯爵ぐらいのものだった。

「ではな、トリア。例の計画はわたしがハルトマン伯爵領に戻り次第、連絡を入れる」

街の街門が開く。エリザベートとハルトマン伯爵は馬車に乗り込み、ウィンター・ローゼを発った。お忍びだから護衛はいらないと言うのだが、アレクシスは部下に通達しており、第七師団の小隊が馬車に従って街門をくぐっていった。

「フランシス大佐たちが護衛をしてくださるんですね」

「エリザベート殿下の魔力の大きさも、行使できる魔法も多彩であるのは存じ上げておりますが、次代皇帝の方を護衛もなしでお帰しするわけには参りませんので」

エリザベートの魔力なら、たとえ魔獣とかち合っても危険がないのは理解している。これは貴族の体面というよりも、アレクシス個人の気遣いによるものなのだと、ヴィクトリアは察した。

「ありがとうございます。黒騎士様。たとえお忍びでも、エリザベート姉上は、きっと護衛をつけてくれて内心嬉《うれ》しく思ってるはずです」

ヴィクトリアはそう言って、アレクシスを見上げてにっこり笑う。

「殿下」

「はい？」

「ちょっと失礼します」

「はい？　わあ」

アレクシスがいつものように、ヴィクトリアを片腕で抱き上げる。

——成長期だ。案ずるな。

エリザベートはそう言ったものの、彼女の身長も体重も、抱き上げてみると以前と変わらない。

「い、いきなりどうしたの？　黒騎士様」

成長期だと聞かされたので、体重を測ってみたかったなどと言おうものなら、「一応わたしもレディです！　体重を測るなんてひどい！」とか言って怒られそうなので、アレクシスはどう答えたらいいものか迷う。

「……高い位置から姉上様をお見送りされたいのではと思ったもので」

「黒騎士様……一応わたし、レディです。子供ではないのです」

これもまずかったかなとアレクシスは思う。

「でも、これはこれでいいと思うので」

ヴィクトリアはアレクシスの頬にキスをする。

「問題ありません」

アレクシスの腕の中の小さなお姫様は、悪戯《いたずら》が成功したように笑った。

収穫祭は大成功のうちに終了した。そして、シュワルツ・レーヴェの領民たちは少しずつ冬支度を始める。

まだ季節は秋だが、ヴィクトリアと共に辺境領入りをした内政官たちは、噂《うわさ》に聞く辺境領の冬に備え、辺境の住人や、この街の建設に携わって越冬を経験した工務省の職員たちからこの土地の冬の過ごし方を聞き取り、越冬の経験のない者たちに注意点や準備などを伝えていた。

そんな中。ヴィクトリアはおとなしく、ウィンター・ローゼの領主館の中で過ごしていた。

活動的なヴィクトリアがおとなしくしていることができるのかどうか、アレクシスは不安だったが、工務省の職員が領主館別館の改築に力を入れており、冬が来る前に完成をと急ピッチで進める様子を間近で見ているので、「お出かけしたい！　あちこち見たい！　もっと視察を！」などと言い出すようなこともなく、アレクシスは軍庁舎と領主館を往復する日々が続いた。

そんなある日の夕刻、エリザベートが言っていた鉄道作製の知らせが、一人の訪問者によってもたらされた。

ヴィクトリアとアレクシスが、雪まつりの時期や開催地について執務室で相談していた時、執務室の横にある転移魔法陣が魔力の光を発した。

「殿下……転移魔法陣が……」

執務室の一画には、皇族専用の転移魔法陣が組み込まれている。その引き戸が仄《ほの》かに光っていた。

「……」

引き戸がスーッと開いて顔を覗《のぞ》かせたのは、銀髪に丸縁眼鏡をかけた見覚えのある女性だった。

彼女はヴィクトリアだけがこの執務室にいるとみて、この転移魔法陣を使用したらしいのだが、傍《そば》にアレクシスがいるのを見て「あちゃー失敗したー」と小声で呟《つぶや》いた。

まさか彼も執務室にいるとは思わなかったのだろう。

「……お邪魔しまあす」

この魔法陣は皇族専用だが、聞くところによると、彼女はこの魔法陣の開発者である。そのため開発者自身も使えるように術式を変換させたのかとアレクシスは思ったが、なぜかヴィクトリアは「うん……もう……ダメじゃないですか……」と呟いている。

ヴィクトリアはアレクシスの顔をちらっと見てから、ため息をついて、彼女に声をかけた。

「……ようこそ、シャルロッテ姉上……」

シャルロッテは、気まずそうな笑顔で執務室に足を踏み入れた。

たった今、ヴィクトリアは彼女に向かって『シャルロッテ姉上』と言った。

アレクシスは、ハルトマン伯爵が以前アクアパークでのお忍びの時に、自分に言った言葉を思い出す。

――多分ロッテ様は第四皇女殿下だと思う。

そのハルトマン伯爵の推測は当たっていたのだ。

「ばらしちゃったかー。そこはほら、私の肩書で誤魔化すと思ってたんだけどなー」

「大好きな姉上のことで黒騎士様に嘘《うそ》はつけませんし、わたしもこのまま黙っているのも辛《つら》いので、説明は姉上ご自身でどうぞ。それに、黒騎士様はこういうことをあちこちに吹聴するような方ではありませんから」

シャルロッテは、たはは、と照れ笑いしてアレクシスに向き直ると、姿勢を正して改めて挨拶する。

「リーデルシュタイン帝国第四皇女シャルロッテ・グラナートアプフェル・リーデルシュタインです」

魔導開発局特別顧問のロッテは、自らをアレクシスにそう名乗った。

ヴィクトリアの四番目の姉――……。

病弱と言われ、帝都の貴族たちや皇城の侍女と近衛兵からも、お姿はあまりお見かけしないと囁《ささや》かれている第四皇女。

「シャルロッテ殿下……」

「えーロッテでいいですよお。この制服は魔導開発局の制服ですし」

「しかし……よろしいのですか？」

「いいのいいの」

シャルロッテはヒラヒラと手を振る。

「私はリーデルシュタイン帝国の皇女の中でも、魔力は少ないのですが、クリエイトというろいろなものを作ることに特化した能力があります。それを知った父陛下が、私にこの仕事を与えたのです」

シャルロッテは最初、生活に必要な魔導具を作製していた。現在彼女が携わる都市開発や大きな建造物に関する設備を手がけるきっかけになったのは、トイレだったという。

汲《く》み取り式を水洗式にしたい。「できるから!! 絶対に衛生的だからあ！」と叫び、皇帝の執務室で三日間、寝っ転がって駄々をこねたという。

しかし水洗式にするには、下水整備など皇城内の大掛かりな配管工事が必要となる。

皇帝とエリザベートは、これはまずいと呟《つぶや》いた。シャルロッテの言うことは理にかなっていたし、不可能ではない。ただ、こういう便利な物を発明するのはいいが。その能力を悪用されないかと危惧《きぐ》したのである。

アレクシスも、学生時代に学校のトイレや浴室の設備が一新されたことを覚えている。あの時分に、彼女はすでにそういった発明を次々と提案し、作り上げていたということだ。

ヴィクトリアの強大な魔力を他国に渡したくないのと同様、シャルロッテの技術開発の能力も、他国への流出は回避しなければならないと考えたのだろう。

公式には病弱なので引きこもっているという触れ込みではあるが、実際には皇帝陛下直属の魔導開発特別チームの顧問という立場にいると、アレクシスに説明した。

「つい最近、視察の折にアメリアが撮影する時に使ったあの魔導具……本来水晶球タイプだったのを、カード型にしたのもシャルロッテ姉上です」

どの姫も帝国から出したがらない皇帝の気持ちを、アレクシスは察した。

才能が突出していたり、魔力が強大だったり、指揮力が高かったり、自在に人心掌握できるほど美貌だったり……。

帝都の心ない貴族が言う「姫ばかりで……」などという言葉は、事実を知らなすぎる。この皇女殿下たちならば、そんな声は歯牙にも掛けないだろう。

ドアがノックされ、アメリアの声がする。

「失礼します、お茶をお持ちしました……」

「アメリア、一人分追加を」

ヴィクトリアの言葉に、ドアを開ける前にアメリアが「かしこまりました」と告げ、しばらくしてまたドアをノックして執務室へ入ってきた。

「あ……」

アメリアはこの執務室にいるシャルロッテを見て、一瞬驚いたようだ。しかし黙って、お茶を入れ始めた。

「アメリア殿、今、シャルロッテ殿下から事情を聴いたのだが……」

アメリアはほんの少し緊張を解いて笑みを浮かべる。アメリアの対応は、アレクシスがシャルロッテの本当の地位と名前を知っているのかどうか、窺《うかが》うようだった。

「左様でございましたか」

やはりヴィクトリアの専属侍女だから、シャルロッテのことは知っていたのかと彼女の一言でわかった。

「侍女の中で魔導開発局顧問とシャルロッテ姉上が同一人物であることを知っているのはアメリアだけです。ロッテ姉上とアメリアはすっごく仲良しです」

アメリアは、ヴィクトリアの言葉に頷《うなず》いて尋ねた。

「シャルロッテ殿下がその転移魔法陣をご使用されるということは、何か危急のご用件なのではないでしょうか？」

ヴィクトリアはハッとして、シャルロッテを見上げる。

シャルロッテもヴィクトリアを見つめて頷く。


「明日、線路作製の魔術式を展開させると、エリザベート姉様から連絡を受けた」


シャルロッテの言葉に、ヴィクトリアは息を呑《の》む。

「では、ニコル村へ行くのですか？」

「いいや、線路はこのウィンター・ローゼを起点とする予定だよ」

「え？　終着地点のニコル村から始めるのでは……」

「トリアちゃん、魔力の制御、あんまり上手くいってないでしょ？」

「そ、そ、そんなことは……」

他の人からの指摘だったら、こんなには動揺しない。多分、姉たちからの指摘だから、声が震えている。

「エリザベート姉様はお見通しだよ。だからこのウィンター・ローゼから始めることについて悩んでた」

ニコル村の豊漁祭に顔を出した後、シャルロッテの案内でニコル村の開発地区を見て回っていた時のことだ。

眉をひそめて考え込む彼女に、傍《そば》にいたハルトマン伯爵からの言葉。

――エリザベート殿下……一つ提案があるのですが……ウィンター・ローゼを起点としてみてはどうでしょう。


エリザベートは、ヴィクトリアの体調がよくないうえ、魔力の発動が不安定なので、このニコル村を起点にするには距離がありすぎると思っていた。

「ウィンター・ローゼと現在のハルトマン伯爵領間の距離ならば、エリザベート殿下の魔力で補えるかと……」

「うん……確かに……そうなんだが……」

「ニコル村はまだまだ開発しなければならないでしょう。すぐに線路を通したいお気持ちはわかりますが、物資の流通だけなら、ウィンター・ローゼにはフォルストナー商会の支部があります。ニコル村とウィンター・ローゼ間は、彼らに補ってもらう形にしてはどうでしょうか？」

「フォルストナー商会か……」

帝国でも指折りの大商店だ。物資輸送用の空間魔法や、もしかしたら転移魔法を使える人材もいるだろう。

「ヴィクトリア殿下の体調が戻ってから、ウィンター・ローゼとニコル村をつなげてしまえばよろしいのでは？」

　その言葉を聞いて、エリザベートのいつものクセが出る。思案中は扇を畳んで、左手に先端をポンポンと打つクセだ。

　扇の先端をパシッと捉えて、エリザベートは頷《うなず》く。

「ハルトマン卿《きょう》の案でいこう。ヴィクトリアの負担を少しでも軽くしたいからな。ロッテ、その方向で進めてくれ」

「っていうことがありまして。ウィンター・ローゼ街門の外あたりを起点として、魔術の発動を行ってもらうことになりました」

　アレクシスはヴィクトリアを見つめる。

「わかりました」

「それで、長距離にわたる大規模魔術なので、効率よく同時刻に開始するためには、互いに連絡が取れた方がいいかと思い——頑張ってこんな物を作ってみました」

　ヴィクトリアの前に、小さな金属製のカードを渡す。

「これは……？　なんの魔導具ですか？」

「トリアちゃんが使いたがってたやつだよ」

「?」

「距離の離れた相手と、お話しすることができます」

「えええええ!」

「まだこれ本当に開発途中の試作品だから……軍にも支給できないヤツですけど」

「す、すごい! ロッテ姉上!」

「つなぎっぱなしで一回きりっていうのが……本来はもっと多機能で、コストがかからなくて、でも軽量化を考えたらどうにも上手くいかないの。だけど、使える。何個か作ってエリザベート姉様と試したので、これを明日使います」

「わあ……」

ヴィクトリアはその小さな金属製のカードを手にして、かざすように見つめる。

「姫様、ロッテ殿下がお泊まりでしたら別館で……」

「うん、別館はほぼ改装が終わったので、お部屋をご用意して。それから別館裏のスパはまだ使えないから、本館のお風呂のご用意もね」

「かしこまりました」

アメリアは一礼して執務室を出る。コルネリアに報告して、他のメイドたちに部屋を用意させるためだ。

「別館を改装してるんだ～。後で見せてね。で、トリアちゃんは何をしてたのかな？」

「雪まつりの催しの企画です」

「雪まつり、いいねいいね～。ここは鉱山から粘土が採掘できるもんね～」

「え？」

ヴィクトリアは小首を傾げる。

「え？」

シャルロッテも小首を傾げる。

「雪像の土台っていうか、粘土で型を作って、そこに雪を載せるんでしょ？」

妹がそれを知らないとは思っていなかったらしい。

「雪像ってそうやって作るの？」

ヴィクトリアはキョトンとした表情で尋ねる。

「私が知ってるのはそういう作り方。土台作ってやろうか、お姉ちゃんが。お姉ちゃんお願いって言ってみて？」

「お姉ちゃんお願い」

両指を組んで素直に答えるヴィクトリアを見て、シャルロッテは楽しそうに笑った。

翌日。ウィンター・ローゼの街門を抜けて少し離れた場所に、ヴィクトリアとシャルロッテ、そしてアレクシス率いる第七師団と工務省の担当のスタッフが揃《そろ》った。

ヴィクトリアは魔法陣のスクロールを地面に広げ、いつものように羽ペンで魔法陣をなぞっていく。

トレースを仕上げると同時に、昨日シャルロッテから渡された通信機が鳴る。

『トリア、魔法陣のトレースは終わったか？』

ヴィクトリアがそれを操作すると、エリザベートの声が聞こえてきた。

「はい、終わりました。姉上」

『よし。じゃあ始めるぞ』

ヴィクトリアは息を吸い込み、地面に手を突いた。


『「長距離範囲魔術式展開っ、人の住む街と街を繋《つな》ぐ道となれっ、線路作製《ロング・レールウェイ・クリエイト》!!」』


魔法陣が銀色に光り始める。

数メートルおきに支柱がドオンと音を立てて成型されていく。そしてその支柱をずっとつなげていくように橋が架かっていく。

魔法陣の光を纏《まと》いながら、地平線の向こう側までそれは続いていく。

支柱の立ち上がる音が遠くなり、橋がその支柱を追うように伸びていく。支柱の音も聞こえなくなった。

それでもヴィクトリアは魔力をずっと流し続けている。

――……うん……なんとなく、姉上の魔力が近い感じがする……あ、これ。

ヴィクトリアがエリザベートの魔力を感じることに数分遅れて、ゴオオンと激しく何かがぶつかり合う音がした。

『成功したぞ、トリア』

「はい……わたしにもわかります……つながった……せん……ろ……」

しかしそう呟《つぶや》いて地面に手を突いたまま、ヴィクトリアは立ち上がろうとしなかった。

ヴィクトリアの顔がゆっくりと地面に近づく。

うずくまるようにヴィクトリアは地面に倒れ、意識を失ったのだった。

八話　第六皇女殿下倒れる

ヴィクトリアは倒れたまま、微動だにしなかった。

羽ペンと通信機も手から落ちている。

「殿下っ!?」

「姫様！」

アレクシスとアメリアが、ヴィクトリアの傍《そば》に走り寄る。

アレクシスがヴィクトリアを抱き上げると同時に、アメリアはヴィクトリアの手首で脈を取り、額に手を当てる。

「お熱が……！　でも、さっきまで普通でした。朝もご容態が優れないご様子はありませんでした」

シャルロッテはアメリアとアレクシスに囲まれたヴィクトリアを見つめ、羽ペンと通信機を回収する。

いつもふざけているような雰囲気のシャルロッテが、真剣な顔をして通信機でエリザベートの対応をする。

部下の団員たちがアレクシスの愛馬を連れてくると、アレクシスは彼女を抱き上げて馬に乗り、ウィンター・ローゼの街門を目指して走り出した。

アメリアが「誰か領主館にミリアを呼んで！」と叫ぶが、アメリアの叫びよりも早く、団員がウィンター・ローゼに馬を走らせて病院へと向かう。大規模な建設魔術を展開するために集まっていた、辺境領の工務省建設局の職員や帝都から来ていた内政官たちも、ウィンター・ローゼへ急いで戻った。

そんな喧噪の中、シャルロッテは一瞬にして建造された高架橋を見上げていた。秋の風がさらに冷たく感じられ、日の沈む夕焼けの空が広がり始めていた。


ヴィクトリアを抱えたアレクシスが領主館に戻ると、彼の腕の中で意識を失っているヴィクトリアを見て、メイドや侍従たちが「姫様！」「殿下！」と叫び声をあげる。

セバスチャンがそんな周囲を叱咤《しった》してコルネリアを呼ぶようにと指示を出し、騒ぎを聞きつけて駆けつけたコルネリアは、メイドたちに部屋の用意をさせる。

「姫様に着替えを！　その間閣下も部屋の外に出てください！　セバスチャン、閣下をお連れして外へ!!　熱が、発熱がいつもより高いわ……氷嚢《ひょうのう》を！　早く！」

コルネリアの指示を得て、メイドたちはバタバタと館内を走り回る。

アメリアとシャルロッテがやや遅れて領主館に戻ると同時に、ミリアが第七師団の団員に囲まれて駆けつけた。

アメリアがミリアを案内し、ヴィクトリアの寝室に入る。ヴィクトリアはベッドの中で、意識を失ったまま、荒い呼吸を繰り返していた。ミリアが治癒魔法を施すと一時的に呼吸が緩やかになるが、しばらくたつとまた呼吸は荒くなり、熱も下がらない。

ミリアは夜通しヴィクトリアに付いて治癒魔法を施していた。

「ミリア様……少し、お休みになられては……」

コルネリアが声をかけるが、ミリアは首を横に振る。ミリアはヴィクトリアが体調をくずし始めたころから、ヴィクトリアの治療を最優先とし、勤務先の病院にも通達していた。

実際、治癒魔法をかけていれば、ヴィクトリアの症状は発熱だけで済んでいる。しかし、ミリアが治癒魔法を止めると、痛みがヴィクトリアを襲うのだ。

ヴィクトリアは全身を激痛に襲われ、その痛みで覚醒する。

シャルロッテはエリザベートと皇帝に手紙をしたため、ヴィクトリアの執務室からそれを転送した。

——想像していたよりも症状がひどい。皇妃陛下……お母様が心配されていたけれど、これほどとは……。ミリアの魔力には限界がある。彼女の魔法でヴィクトリアの体調が安定しないとなると……この方法しかない。

手紙を転送して、シャルロッテがヴィクトリアの寝室に向かうと、廊下にも、ヴィクトリアの叫び声が聞こえてきた。

「ヴィクトリア！」

その叫び声に続いて、アレクシスがヴィクトリアに呼び掛ける声が響いてくる。

「痛いっ！　痛い――っ！　身体がっ、全身っ……！」

痛みで呼吸もままならない状態で、意識が覚醒したヴィクトリアは、泣き叫ぶ。

ミリアがベッドの傍《そば》で倒れていた。ミリアの魔力が枯渇したのだ。

「くろきし……さま……わたし……しんじゃうのかな……？」

「馬鹿なことを言うな、死なない！　しっかりしろ！　ヴィクトリア！」

アレクシスが抱きしめると、菫《すみれ》色の瞳にアレクシスの顔が映る。

大好きな黒騎士様の姿を見て、ヴィクトリアの瞳にさらに涙があふれる。

いつもなら、「わあ、黒騎士様がわたしの名前、呼んでくれた！　じゃあ、ついでにヴィクトリア大好きって言って、すぐに治るから」などと軽口をたたいて、照れて笑うはずなのに……。

「くろきしさま……おねがい……あるの」

「なんだ、なんでもきいてやる」

「このへや……から……出て……」

「な！」

いつもアレクシスが困るぐらいに甘えてくる彼女からの、拒絶だった。

「しらべて……ほしい……の……ウィンター・ローゼで……わたしのように……倒れた人はいないか……できればわたしが視察とか行った村……も……」

そこまで言うと、部屋に飛び込んできたシャルロッテがヴィクトリアに走り寄った。

小さな赤ん坊を宥《なだ》めすかすように、シャルロッテがヴィクトリアの背をさする。

シャルロッテの顔を見て、ヴィクトリアは痛みをこらえて伝える。

「姉上……わたしの……黒騎士様が……こんな風に倒れたら……やだ……絶対に部屋に……近づけさせない……で……」

そこまで言い切ると、激痛のあまりヴィクトリアは失神した。

「コルネリア、閣下を部屋の外に」

シャルロッテがそう言うと、コルネリアはアレクシスを部屋から出るよう促す。

この自分の身に起きていることは、この痛みは、病気なのか、これは自分だけの症状なのか。もしかして感染する病なのかもしれない。

領民が増え始め、観光客は冬になる前に帰っていくが、この街に来てくれた領民や、官庁の職員や、街を作る工務省の職員……第七師団にも黒騎士様にも感染するような病だったら大変なことになる、と意識を失う直前にヴィクトリアは考えたのだった。

「閣下、部屋の外に……。閣下の身の安全を願った姫様のお言葉に従ってください。この部屋への入室は……」

コルネリアは凛《りん》として姿勢を正し、アレクシスをまっすぐ見上げる。

「こんな状態の姫様が、そうしてほしいと願ったのです……姫様を安心させるためにも」

「……わかっている」

意識がない間は痛みもないのか、もう痛いと叫ぶ気力も体力もないのか、アレクシスの腕の中でぐったりしている彼女を見つめた。

もう一度、その目を開けてほしいと思った。ずっと見つめていれば、その瞳が自分を映すのではないかと。そして目を開けたら、いつものように、天使のように微笑《ほほえ》んで「黒騎士様」と呼びかけてくれるのではないかと淡く期待する。

「アメリア、着替えを。シャルロッテ様も閣下をお連れくださいませ」

離れがたそうにしていたが、アレクシスはヴィクトリアをそっと横たえて部屋を出る。

その後ろにシャルロッテがついていく。

「ヴィクトリアは感染する病かと案じているようでしたが、あれは、成長痛です」

シャルロッテの言葉に、アレクシスは彼女の顔を見つめる。

「フォルクヴァルツ卿《きょう》……ヴィクトリアが十六歳にしては幼すぎる身体だったことに、今まで不思議だとは思いませんでした？」

十六歳なのにそうは見えない、いつまでも幼い容姿。魔力の少ない帝国の末姫様。

そう言われ続けていたヴィクトリア。

「ヴィクトリアには魔力があった。エリザベート姉様に匹敵する魔力を、物心つく頃から隠していた……それは己の身体の成長も止めてしまうほど……道路作製、農地開墾、温泉掘削、線路作製……半年もしないうちに、これほどの広域範囲の魔術式を用いて魔力を解放したら、あの小さな身体に相当な負担がくると、皇妃陛下が危惧《きぐ》されていました」

「殿下は、ヴィクトリア殿下は、そのことは……」

シャルロッテは首を横に振る。ヴィクトリア自身、このことに気が付いているのかいないのか、彼女だけではなく他の姉たちも本人に尋ねたことはない。

いつまでも子供のままと周囲から揶揄《やゆ》され、コンプレックスを持っていた末の妹ヴィクトリア。黒騎士に降嫁《こうか》して辺境領で制限なしで魔力を行使することで、身体の成長を促したかったのか。それとも何も知らずに、その魔力を使っていたのか……シャルロッテには判断できなかった。

執務室に戻ると、転移魔法陣が設置された小部屋の戸が、淡く光を放っていた。

その光を見たシャルロッテは、暗い表情を一変させる。

「思ったよりもお早い！　よかった！」

そう言ってシャルロッテは引き戸を開けた。アレクシスも扉の向こう側を見るために近づく。そこにいたのは、エリザベートとハルトマン伯爵、そして、帝都皇城にいるはず

の、皇妃陛下エルネスティーネだった。

「皇妃陛下……」

アレクシスがそう呟《つぶや》くと、エリザベートとハルトマン伯爵を従えて、エルネスティーネが執務室に足を踏み入れる。

「ロッテにもフォルクヴァルツ卿《きょう》にもこんなに心配をかけて……あの子ったら……」

二人の顔を見つめて、エルネスティーネはそう呟く。

エリザベートもハルトマン伯爵も、ロング・レールウェイ・クリエイトを行使した後、通信機からは何も聞こえなくなったのを気にしていた。

シャルロッテが書いた手紙が届き、「仕事なんてどうでもいいから、すぐにヴィクトリアの元へ」とハルトマン伯爵がエリザベートに言うと、エリザベートは「皇妃陛下をお連れする」といって、転移魔法陣を用いて一度帝都皇城へ向かい、エルネスティーネを連れてここにきたのだった。

「ハルトマン伯爵はフォルクヴァルツ卿を休ませてちょうだい。シャルロッテ、あの子《ヴィクトリア》はどこ?」

シャルロッテがエルネスティーネを案内して、部屋を出ていく。

残されたアレクシスは、幼馴染《おさななじみ》のハルトマン伯爵を見る。

「皇妃陛下の仰せだ。少し休んだ方がいいよ、アレクシス」

「カール……」

「帝国一の治癒魔法使いだよ、きっともう大丈夫」

彼はいつものように穏やかな笑顔でアレクシスに声をかけた。

激痛と闘うヴィクトリアに、大丈夫だとアレクシス自身も声をかけたいと思った。


ヴィクトリアは再び全身をめぐる激痛で覚醒する。痛みに叫び声をあげ、その菫《すみれ》色の瞳から涙がとめどなく流れてくる。

——痛いっ！　痛い、死んじゃう……。骨がきしむ、全身、全部痛い……。父上……母上……姉上……もう、会えなくなっちゃうのかな……ああ、やっぱり、最期なら、黒騎士様に……いてほしかった……でも……最期に見る顔が笑顔じゃないのは……いや……。

そして痛みに猛烈な嘔吐感《おうとかん》が伴う。

付き添うアメリアは、それを察していた。

「気持ち悪い、吐く……」

ヴィクトリアが息も絶え絶えに呟《つぶや》くと、アメリアはさっと膿盆《のうぼん》を差し出した。

もうほとんど胃液しか出ない状態にもかかわらず、嘔吐する。

「うがいしてください、そのままこの器に」

「ごめんなさい……アメリア」

「何をおっしゃいます、お辛《つら》いのは姫様ですのに」

いつもキラキラとした菫《すみれ》色の瞳が、涙でぬれていた。

アメリアは蒸しタオルでヴィクトリアの顔を拭う。

最初こそ、アメリアも涙目になっていたが、泣いてる場合ではないと、専属侍女らしくかいがいしく世話をする。

「全身……きつい……骨がきしむ……頭痛い……おなかも痛い……」

「これだけでもお口に入れてください」

「……水……？」

「ほんの少し塩を入れたレモネードですが、水で薄めています」

コップではなく吸い飲みでヴィクトリアに進めるが、わずかな量も飲めずに、それを離すと意識を失う。少しでもいいから水分と塩分を取らせたいアメリアだった。

ノックがして、コルネリアが対応に出ると、コルネリアはカーテシーをしようとしたが、相手にそれを制された。

アメリアは膿盆《のうぼん》を横に置いて顔を上げ、部屋に入ってきた人物を見て目を見開いた。

「皇妃陛下……」

「アメリア、よくヴィクトリアに仕えてくれました。礼を言います」

静かで柔らかなその声に、アメリアは恐縮する。

エルネスティーネはベッドの近くまでくると、ヴィクトリアの頬に手を当てた。

痛みのせいで意識が朦朧《もうろう》としているヴィクトリアの視界に、自分の母親の顔が映る。

「……はは……うえ……？」

帝都皇城にいるはずの母上が、なぜここにいるのだろうと、痛みに顔を歪《ゆが》ませながら思う。

「約束を守らないからそうやって痛い思いをするのよ？　トリア……」

「いたい……いたいよう……ははうえ……」

ヴィクトリアの頬を撫《な》でるエルネスティーネの手のひらから、柔らかな光がこぼれ出てくる。

「だって……みんなが……よろこんでくれるかな……って……おもったの」

ヴィクトリアの全身を撫でるように、手のひらからの光を当てる。

「……くろきしさまに……よろこんで……もらいたかった……の……」

エルネスティーネが手を離すと、ヴィクトリアの苦しそうな表情が少し和らいだ。

アメリアはヴィクトリアの表情をのぞき込んでほっとする。

「よかったわ。エリザベートが迎えに来てくれて。よく耐えたこと……」

「母上もお忙しいのに、申し訳ありません」

「いいのよ。なんとなくこうなる予感はしていたの。アメリア、ヴィクトリアは多分もう痛がることはないけれど、この子は死んだように眠ってるから、意識が戻るまでいろいろ世話を頼むわね」

「御意《ぎょい》」

エルネスティーネは、魔力を枯渇させてまで治癒魔法をかけ続けたミリアに近づく。ベッドの近くで倒れていたミリアは、人の気配で目を覚まし、自分の目の前にエルネスティーネがいることに驚いた。

治癒魔法を行使する者にとっては、エルネスティーネは皇妃という地位を除いても、敬愛と憧れの対象だ。

「皇妃陛下……っ!」

なぜ帝都の皇城にいる彼女がここにいるのだろうと思うが、傍《そば》にエリザベートがいるので、全属性持ちのエリザベートならば、ハルトマン伯爵領から帝都へ、そしてここへと転移魔法を連続使用もできるのだろうと納得する。

「よく頑張ってくれましたね。貴女《あなた》も休んでまた魔力を蓄えて、無茶するヴィクトリアを助けてあげてちょうだい」

「御意」

エルネスティーネはエリザベートに向き直る。

「これで大丈夫。エリザベート、貴女も身体には気をつけるのよ」

エルネスティーネの言葉に、エリザベートは黙って頷《うなず》いた。

ヴィクトリアが倒れて一か月が経過した。

元気で明るく、この領地を良くしようと、領民にも工務省の建設局スタッフにも声をかけていた彼女が倒れたという話は、シュワルツ・レーヴェ内に一気に広まった。

――大規模な魔術を展開した直後に姫様が倒れたらしいべ。

――門の外になんかすごい橋がかかってたべ、あれさこさえた後らしいだよ。

――あの姫様が……収穫祭の時は無邪気にお声をかけてもろうたんだが……。

――もうずいぶん長く、領主館からお出になられないとかだべ。

――黒騎士様……領主様はいつも通りというか……姫様の分までいろいろ仕事されてるらしいで、心配だな。領主様も倒れたらと思うと。

――わしらで、なんぞできることがあればいいんだがのう。

――領主様や姫様はここの冬ははじめてだで、その様子さ子供たちが書き記したお手紙を送っただ。

――これから冬になるから、なんもすることがねえべ、姫様は、あったかくさして、お休みさせてあげたらいいんだべ。

領民たちは口を開けば、ヴィクトリアを案じていた。

哨戒《しょうかい》から戻ってきた第七師団のヘンドリックスが街門を守る衛兵に、殿下の意識は戻ったのかと尋ねた。しかし、衛兵は首を横に振る。

「ヘンドリックス准尉、あの、その大きな魔獣みたいな狼《おおかみ》は……」

「ああ、オルセ村の守り神だよ、シロとクロ、そしてその子供のアッシュ」

子犬のような狼の子がアンアンと鳴いて、タタタッと門の中に入っていく。

なぜかアッシュだけ、首輪のように首に布が巻き付けられていた。まるでお使いに来た子犬のように。

「あっアッシュ、こら待て！」

ヘンドリックスがアッシュに声をかけると、アッシュはアンと鳴いてタタタっと領主館の方へ走っていく。

「殿下が心配なんだって。行かせてあげて、ヘンドリックス。アッシュはオルセ村の鉱山で見つけた鉱石を届けたいんだって」

シロとクロがオルセ村周辺の魔獣を狩っているのは知っているが、最近アッシュもそれに加わっている。そしてなぜかアッシュは鉱山に潜り込むのだ。

鉱山で働く罪人たちは、小さな子犬のようなアッシュを可愛がっていた。ある日アッシュが気に入った鉱石をくわえて離さなかったので、鉱石を布でくるんでやり、首輪のように結んでやったらしい。

ニーナが言うには、アッシュはコレをヴィクトリア殿下に届けたいのか、たった一匹でウィンター・ローゼへ向けて走りだした。

ニーナとクロとシロも後を追うようにして、ここまでついてきたという。

「殿下に会いたいから、悪さもしないし、いい子でいるって言ってる」

「じゃあ、領主館に行けばいいか……」

「あたしも、殿下のお見舞いに行きたい……けど……」

「うん、クロとシロをここに置いておけないから、オルセ村に戻ってて」

ヘンドリックスの言葉に、ニーナは頷《うなず》く。

「ヘンドリックス、お願いだから、殿下のことは鳩《はと》で知らせて。鳩のポポはあたしの伝書鳩の中でも一番早いし頭がいいからすぐ来てくれるわ」

「うん、こまめにしらせる。ポポは大変かもしれないけれど、天候のいい日に飛ばすよ」

「オルセ村のみんなも、ニコル村の人たちも、殿下が早く治りますように祈ってるって、領主様にもお伝えしてね」

「うん、クロ、シロ。ニーナを頼むよ、気をつけて戻るんだよ」

シロがヘンドリックスの手のひらに鼻をつける。

わかったと返事をしたように見えた。

領主館には、入れ替わり立ち替わり、人々がヴィクトリアの見舞いに訪れる。

ただ、館内には入ることはできないので、門前に設置した簡易テーブルに、お見舞いの手紙や品を置いていくのだ。

警備は第七師団の団員が交代で担当している。

ヘンドリックスが敬礼すると、警備についていたクラウスも敬礼する。

「ヘンドリックス、戻ったのか」

「あれ、アッシュだろ」

アッシュは門の隙間を潜り抜けて、正面玄関の扉を前足でトントンしている。

「なんだか最近、アッシュは鉱山で遊んでて見つけたお気に入りの鉱石を、殿下の見舞いにしたいんだって。ニーナがそう言ってた」

「アッシュは殿下が大好きだな。オルセ村に行くと必ず抱っこされて喜んでる」

「殿下はまだ枕が上がらないのか……お倒れになられて、そろそろ一月だが……閣下はどうされている」

「仕事は領主館に持ち込まれている状態だ、軍庁舎には出勤されていない。フォルストナー中佐が連絡のために軍庁舎と領主館を往復している」

「そうか……。早く本復されるといいのだが……」

「みんな、明日にはきっと殿下の意識が戻られて、ご快復に向かっているという知らせがあると信じてる」

「閣下も……相手が魔獣や悪漢ならば、殿下をお守りできるだろうが、病だからな」

「歯がゆいだろうな……」

テーブルの上には、グラッツェル伯爵が教えている子供たちの絵や手紙が、そしてクリスタル・パレスを管理するトマスからは、そこで育てて実を成した南国の果実がお見舞いの品として置かれていた。

殿下はこれを見たら喜んでくださるだろうか。

「アッシュ、また明日来よう、おいで」

ヘンドリックスが手を広げると、アッシュは何度も振り返りながらヘンドリックスの元へ戻ってきた。

「いい子だ。殿下はたくさんたくさん、この領地のために動いてくださったから、お疲れになったんだよ。大丈夫、また元気になられる……」

アッシュがクウンと鼻を鳴らす。

そのアッシュの鼻に、まるで返事をするかのように白い雪が落ち始めた。

九話　ヴィクトリア殿下、成長する

皇妃エルネスティーネは、ヴィクトリアに治癒魔法を施すと、あとはよろしくねとばかりに、帝都に戻った。

見舞いに来たエリザベートもヴィクトリアの状態をしばらく見て、皇妃の施した魔法が効いているのを確認したあと、ハルトマン伯爵と共に再建中の伯爵領へ戻った。

ウィンター・ローゼに雪が降り始め、街を白く染めていく。

そんなある日の朝のことだった。

今までずっと眠っていたヴィクトリアは、寝具に包まれていてもなんとなく空気が冷たいという感覚で目が覚めた。

瞼《まぶた》を開けると、見慣れた自分の寝室だ。アメリアが心配そうに自分を見下ろしている。

ヴィクトリアの意識が戻ったのを見たアメリアは、近くに寄って声をかける。

「姫様……」

「アメリア……朝なの？　おはよう……寒くない？」

倒れる前の時のようにアメリアに声を掛けるヴィクトリアを見て、アメリアの目に涙が浮かぶ。

「姫様……っ！」

ヴィクトリアが倒れてから初めて、まともに話しかけてくれている。痛みで意識が遠のいては覚めることを繰り返していたヴィクトリアから……倒れる前と同じように声を掛けられた。

「お寒いですか？　お身体に痛みはありますか？」

アメリアの言葉に、自分の身体に痛みがないのに気が付いた。しかしこれまでにないぐらい、身体が重いと感じる。

「痛みはないわ……でもなんとなく重たい感じがする……」

ヴィクトリアは寝具から手を伸ばして、泣きだしそうなアメリアの頬に触れた。その手の大きさにヴィクトリアは目を見開く。もっと小さかったはずの自分の手が……姉たちとそう変わらないぐらいの大きさに見える。

「お部屋をもう少しだけ暖かくしますね」

この部屋には暖炉の他に、室内の温度を調節する機能がついている。この領主館を建てた際、工務省とシャルロッテが設計したのだ。長く寒い冬を、第六皇女ヴィクトリアが快適にすごせるようにと。

「シュワルツ・レーヴェにはもう冬が来ているのです」

寝室の暖炉に薪《まき》をくべたが、もう少し室内の温度を上げようと、暖炉横にある温度調節の装置をアメリアが操作する。そして厚いカーテンを開け、部屋を明るくしようとするが、天気が悪いのか、ほの暗い。アメリアはそのまま室内の明かりを点《つ》けていく。

ヴィクトリアはゆっくりと上半身を起こして室内を見ようとするが、以前のように身体が動かせない。アメリアが慌てて、ヴィクトリアの背に手を添えて支え、背中に枕やクッションをあてがう。

「視界……高さが違う……？」

ベッドの端近に座るアメリアと交わす視線の高さが、今までと違うのにすぐに気が付いた。ぎこちなく腕を動かし、伸ばしてみるとやはり違う。

「……アメリア……わたし……どうなったの？」

「ご成長されたのです。姫様が……無意識に止めておられたお身体のご成長が、いきなり訪れたのです」

アメリアがそういうと、ドアがノックされ、コルネリアとシャルロッテが部屋に入ってきた。

「トリアちゃん！」

「姫様！」

ベッドの上に上半身を起こしているヴィクトリアを見て、シャルロッテは両手を広げて近づいてくる。

そんなヴィクトリアとシャルロッテの会話を遮らないように、コルネリアとアメリアがヴィクトリアの身なりを整える。顔を拭き、髪に櫛《くし》をいれてとかしていく。

「どう？　体調は。どこか痛いとかない？」

「もう痛みはないけれど……重たい感じがする」

「身体がいきなり変わったからね、今まで通りに動けるようになるまで時間はかかるだろうけど」

「身体が変わった……？」

ヴィクトリアはぼんやりとアメリアとロッテを見つめていたが、だんだんとその菫《すみれ》色の瞳に、かつての光が戻る。

「ロッテ姉上。わたし、どのぐらい倒れていたの⁉」

「一か月ぐらい……かな。皇妃陛下がいらした時、雪はまだ降ってなかったから……」

母親とはいえ一国の、しかも大国である帝国の皇妃が、娘のためにわざわざ帝都から
……とヴィクトリアは驚いた。

「え⁉　母上がこちらに⁉」

「エリザベート姉様が、皇城までお迎えに行ってね」

「エリザベート姉上まで……」

「お母様呆《あき》れてたよ。あれほど魔力の使い過ぎに注意って言ったのに……って。でも、今の身体のサイズだったら、エリザベート姉様と同じように、魔力をバンバン使っても問題ない。ベストの状態なんじゃないかな？　ちゃーんと十六歳に見えるし」

ヴィクトリアが寒くないようにと、コルネリアが暖かなガウンを肩に羽織らせる。

「十六歳!?　わたし、成長したの!?」

「鏡見る？」

ヴィクトリアはうんうんと頷《うなず》く。話し方も仕草も、成長前と変わらない。ずっと小さい頃のままでいたから、その仕草が沁みついてしまったのかとシャルロッテは思う。

まさか今意識が戻ってすぐ立ち上がろうとするとは思わなかったので、アメリアとコルネリアは慌てて室内履きの用意をするが、僅かにサイズが合わない。

ちなみに今ヴィクトリアが着用している寝間着は既製品だ。

アメリアとコルネリアが、寝込んだヴィクトリアを着替えさせる時、服のサイズが次第に合わなくなっていくのがわかった。成長速度も速すぎるので、シャルロッテが街まで出て購入してきたものだった。

シャルロッテとコルネリアに支えられながら、ヴィクトリアはゆっくりと立ち上がる。

目線が違う。今までアメリアもコルネリアもシャルロッテも、自分は下から見上げていた。それが立ち上がって傍《そば》にいる三人を見ると、そんなに顔を上げなくても目が合う。

「黒騎士様は!?」

アメリアは頷く。

「感染する病かもしれないと姫様が遠ざけられたあと、ご成長の具合もございましたし、このお部屋へはお通ししておりません。姫様の意識が戻られたと、お伝えしてきます」

アメリアは笑顔でそう言った。倒れてからは体にかかる苦痛だけが記憶にあったが……確か最初、自分は悪い病気になったのかもと思って、黒騎士様を自分の傍に近づけないようにと、告げたことは覚えている。

コルネリアがスルスルと姿見のカバーを外した。

同時にアメリアが部屋から出ていくのを目で追っていたが、「姫様」とコルネリアに声を掛けられて、姿見に視線を移すと、そこに映し出されたのは……。

「……え？」

何度瞬きしても、その人物は自分と同じように瞬きをする。

そして手を伸ばして鏡の表面に触れた。

アメリアは「姫様が起きられた」「意識がはっきり戻られた」と知らせるために、急ぎ足で執務室へと向かう。

アメリアが執務室のドアをノックすると、ドアを開けたのはルーカスだった。

デスクにはアレクシスが座って、多分ヴィクトリアが元気だったら彼女が執り行っていただろう書類仕事をこなしていた。

「侍女殿……殿下に何か……」

「閣下……、中佐……姫様が……目を覚まされました！」

アメリアが最後まで言い終わらないうちにアレクシスは椅子から立ち上がり、アメリアの横をすり抜けて、走ってヴィクトリアの寝室へと向かった。

ルーカスもアメリアもアレクシスの後を追う。

ヴィクトリアが自分を遠ざけてから、何度も蹴破ろうとした寝室のドアを、ノックもせずに開ける。そこにいたのはシャルロッテとコルネリア、そして――……。

「殿下……？」

シャルロッテの手を握って、姿見を見つめていたのは……。

小さな末姫の姿じゃなかった。

ルーカスもアメリアも室内に入る。


「黒騎士様っ!!」

ヴィクトリアが叫んでシャルロッテから手を放し、アレクシスに両手を伸ばす。

歩こうとして足を踏み出すが、バランスを崩してその場に倒れそうになる。

アレクシスが慌ててヴィクトリアを抱き留める。

その声は、倒れる前の彼女と同じ。

だけど自分を見て、両手を広げて走り寄ろうとするその容姿は、幼い姫のそれではなかった。

「ヴィクトリア殿下……？」

無条件に好意を寄せて自分に笑顔を向けてくれるのは、たった一人しかアレクシスは知らない。

その彼女は、幼い姫……のはずだった。

でも自分が抱き留めたのは、若い女性で、その顔が……。

「よかった……黒騎士様にはわたしだって、わかりますよね!?　わたし、鏡に映った姿を見て、自分でも信じられなかったの！　だって、だって、そっくりなんだもの！」

美しく若い十六歳の少女……。

「黒騎士様、わかる？　わたしだって、わかってくださる？　この顔は姉上に、グローリア姉上にそっくりだけど、わたし……ヴィクトリアだって……！」

ヴィクトリアが叫ぶようにそう尋ねた。

一緒に室内に入ってきたルーカスも、ヴィクトリアを見てぽかーんと口を開けている。アメリアが拳でその顎をガツッと押し上げて閉じさせる。無理やり口を閉じさせられたルーカスは我に返って呟《つぶや》く。

「そりゃ……姉妹だから、似てると言われればそれまでだけど……まじかよ……」

アレクシスが抱き留めたのは、絶世の美少女。

リーデルシュタイン帝国一、大陸一の美姫と謳《うた》われた、リーデルシュタイン帝国第五皇女グローリアによく似た面差しの美少女がそこにいる。

小さな幼い姿の時から顔立ちは整っていた。

婚約した後、帝都皇城に行き、彼女に咲き始めの白いバラの花束を渡した。咲き始めの蕾《つぼみ》が、彼女を連想させたから。

今までのヴィクトリアが蕾のバラなら、今、目の前にいるのは、華やかに咲き誇る大輪のバラにほかならない。

成長すればさぞや美しい姫君になるであろうとは、想像はできたものの、まさか大陸一と謳われたあの第五皇女殿下に瓜二《うりふた》つとなるとは、誰も想像もしていなかった。

姉と違うのは髪と瞳の色だけだ。

「……だめだ。黒騎士様、固まってる」

シャルロッテが呆《あき》れたように呟く。

ヴィクトリアは、シャルロッテと、自分を抱き留めてくれているアレクシスとを交互に見る。

「……ヘタレが……」

ぼそりとアメリアが呟く。その声は小さく、聞こえたのは横にいるルーカスだけだ。

「侍女殿……ヘタレと言わないでやって……あれじゃ俺でも無理だって」

同じぐらい小さな声でルーカスは呟く。

意外そうにアメリアはルーカスを見る。

男なら美少女に抱きつかれ――今のは抱き留めただけだが――態勢的には同じである。

「美少女に抱きつかれて男としては喜ぶところでは？」

「喜べるのは、自分を知らない図々しい野郎だけだ。俺もアレクシスも身の程を知っている。綺麗《きれい》すぎるだろ。恐れ多い。遠くから眺めるだけで精一杯だ」

あの式典……戦勝の式典で、小さなヴィクトリアが婚約者と言ったのは、ある意味幸いだったのだとルーカスは思う。

アレクシスと初めて出会った時からついこの間までのヴィクトリアは、幼女に近い美少女だった。ところが今は美女寄りの美少女だ。

こんな美少女から婚約者であると告げられたら、アレクシスは腰が引けて、このお話は私にはもったいなく、などと言って辞退しただろう。

アレクシスが沈黙したままなので、ヴィクトリアは不安を抱く。

「え……わからないの……？　やっぱり……わたしだって……」

ヴィクトリアの瞳に涙があふれてくる。

「わたし、黒騎士様の……お嫁さんになれないの……？　大きくなったのに……嫌われたの？」

アレクシスとヴィクトリアを除いたその場にいる者は皆、微妙な顔をする。

「姫様は小さいままでいた方が、閣下にとってよかったということですか？　中佐」

「ああ……見た目が子供だったから嫁というより娘扱い……むしろ本物のロリ……」

ルーカスの言葉に、アレクシスの裏拳が額に当たる。

この小声の会話が聞こえていたのかと感心し、ルーカスへの一撃の反応は素晴らしいとアメリアは思った。

「否定すんなら、ちゃんと声かけてやれよ！」

殴られた額を撫《な》でながら、ルーカスは叫ぶ。

「黒騎士様、ヴィクトリアをベッドに戻してあげて。まだ身体が辛《つら》いはずだから」

シャルロッテがそう言うと、はっとして腕の中にいるヴィクトリアを見下ろす。

その目の位置も、以前より近い。

そして、以前なら片腕で抱き上げられた。

アレクシスなら今もそれはできるが、それをされたら、いきなり成長したヴィクトリアには、バランスのとりづらい体勢になるだろう。

それよりも、こうして抱き留めていても、触れるだけでも、壊れてしまうのではないかと思ってしまう。

以前は何のためらいもなく彼女を抱き上げることができたのに……。

「黒騎士様……？」

ヴィクトリアの不安そうな声に、意を決して膝裏に腕を回して、両腕で抱き上げる。

コルネリアがベッドに戻って支度を整えてくれるので、アレクシスはそのままベッドへ運ぼうとするが、ヴィクトリアははっとする。

「ダメ！　そっちじゃないの！　窓！　窓の外見たいの！　ウィンター・ローゼに雪が降っているんですよね!?」

そう言ったヴィクトリアを、アレクシスはまじまじと見つめる。

ここでそんな発言が出るあたり、この腕に抱き上げているのはまぎれもなく、ヴィクトリア。

彼女ならではの言葉だった。

——雪も楽しみです。たくさん降っているところは見たことないのですもの。

この辺境の視察前に彼女の降嫁《こうか》を告げられ、ご機嫌伺いに行った皇城の庭園で彼女が言った言葉を、アレクシスは思い出した。

「雪、見たい！」

「やっぱり殿下だ……」

アレクシスの言葉に、ヴィクトリアは素早く反応する。

「やっぱりって……、疑ってたんですね？　わたしじゃないって思ってたんですね!?　ひどい!!」

ヴィクトリアがわーわー言ってる間に、アレクシスは窓に近づき、そっとヴィクトリアを下ろした。

ヴィクトリアは窓が近づくとそっちの方に気を取られ、黙って窓の外を見る。

「……雪だわ……」

窓辺に立って、ペタリと手を窓ガラスに付ける。

そんな幼さが残る仕草も、ヴィクトリアらしい。

「真っ白……すごい……」

領主館の庭と門扉の向こうに広がるのは、ウィンター・ローゼの雪景色だった。

ヴィクトリアは身体がまだ思うように動かないのか、ぎこちない動作で窓を開けようとするが、アレクシスががっちりと窓を押さえる。

「な、ちょっと窓を開けてみてもいいじゃないですか」

「ダメです！　ここで風邪でもひいたら、領民がまたがっかりするでしょう!!」

「ケチ！　黒騎士様のケチ！」

ヴィクトリアが頬を膨らませる。

そんな仕草も、ヴィクトリアのままだ。

そんな二人のやり取りをみていたシャルロッテが声をかける。

「黒騎士様の言う通りだね。見るだけね。まだまだ雪は降るだろうから、後の楽しみにしたほうがいいでしょ？」

「……わかりました」

しゅんとうなだれるヴィクトリアだが、はっと別の何かに気づいたらしい。

「じゃあ、黒騎士様、今度こそお姫様をベッドへ連れてってあげて」

シャルロッテの言葉に、ヴィクトリアがすぐさま拒否する。

「ダメ！」

「はい？」

「やだ、もうすっかり忘れてた！　わたし、臭いかも！　一か月もお風呂入ってないし！

やだ！　ダメ！　だからさっき黒騎士様は抱っこするのをためらってたんですよね？　今

また抱っこされたら、わたし恥ずかしくて死ぬかも！」

アレクシスが抱き上げようとしたら、そんなことを叫んだ。

この発言には、さすがにアレクシスも笑わずにはいられなかった。

顔を背けて口元を手で押さえて肩を震わせている。

「さっき声をかけてくださらなかったのは、そういうことよね!?」

自分が絶世の美姫になったことでアレクシスが躊躇《ちゅうちょ》したのではなく、身だしなみのところがダメだったのだと思い至ったらしい。

この切り返しも、間違いなくヴィクトリアだ。

アレクシスはほっとした。見た目はどうあれ、やはりヴィクトリアはヴィクトリアなのだとようやく理解したようで、彼女を抱き上げる。

「ほんとうにもう……絶世の残念美少女ですね」

シャルロッテはそう呟《つぶや》いて苦笑した。


ウィンター・ローゼは雪で真っ白に染まっていた。

内政業務は、アレクシスが領主らしく実務をこなしている。そして時折、アレクシスからアメリア経由で、ヴィクトリアの元に書類が回される。

これはリハビリ以外、何もさせてもらえないとヴィクトリアが不満を漏らしたからだ。

ヴィクトリアは意識が戻ったといっても、完全回復というわけではなかった。

急激に成長した身体は、思うように動かなかった。そのためリバビリに励んでいるのだが、それ以外の時間が非常にヒマだと彼女は言うのだ。あの状態で倒れても、意識が覚醒すれば、彼女の頭脳明晰さが損なわれることはなかった。

だがヴィクトリアにとって、身体機能を通常の状態に戻すことが第一だとアレクシスは思っている。なので簡単な書類をアメリア経由でヴィクトリアに回すくらいにとどめていた。

それでもヴィクトリアは、積極的に書類の確認とリハビリに取り組んでいた。

寝室の中を歩くだけでもアメリアの介助なしでは怪しい。目標は介助なしで部屋を歩けるようになること。室内の歩行ができたら、執務室へも行けると思っているようだ。

しかしそんなヴィクトリアには、最近どうやら不満があるらしい。

「アメリア。わたし、姉上たちみたいに素敵な大人になったら、黒騎士様はもっとわたしに夢中になってくれるって思ってたのに、なんだか……なんだか……とってもよそよそしくて、他人行儀じゃない？」

倒れるまではヴィクトリアと一緒に朝食を取ったり、一緒に仕事したり、たわいない話につきあってくれたり、抱き上げてくれていたのに、黒騎士様が素っ気ない。

その言葉を聞いたアメリアとコルネリアは視線を交わす。ヴィクトリアがそう思っているように、アメリアもコルネリアもそれは感じていた。

「閣下は……その……女性に免疫がないから、姫様がいきなりご成長されて戸惑われているのかと……」

コルネリアが苦笑いしながら答える。

「そんなことない。ロッテ姉上やアメリアの方が黒騎士様とお話をしてるもの。ずるい」

「意識しすぎて声がかけられないのですよ」

コルネリアが宥《なだ》めすかすように、ヴィクトリアに言う。

「……」

ヴィクトリアは、ベッドサイドにおいてある小さなジュエリーケースに手を伸ばして、その蓋を開けた。

アレクシスが婚約発表の時にヴィクトリアに贈った真珠の指輪だった。最近この指輪を眺めてはため息をついている。

「……指輪も入らなくなっちゃった……」

「ゲイツ氏に頼みましょう、彼ならすぐさまサイズを直してくださいますよ」

「……でも、サイズを直しても、黒騎士様があの時みたいにわたしに指輪をはめてくださるかはわからないわよね……」

しょんぼりしながらヴィクトリアはそう呟《つぶや》く。

そんなふうにがっくりしていると、ヴィクトリアの寝室のドアがノックされた。

コルネリアが取り次ぐと、シャルロッテが入ってきた。彼女が車椅子を押して室内に入れると、コルネリアは「まあ」と感嘆の声をあげる。

「結構いい感じのものができました。工業地区のゲイツさんに協力してもらった。いいよねーあの人！　うちのスタッフになってくれないかなー」

「ゲイツさんは譲れません。ここでたくさんいろんなものを作ってもらうのですから」

「トリアちゃんは人気者だからねえ、トリアちゃんのために作るって言ったら、あの人だけじゃなくて傍《そば》にいた人たちも集まってきて、頑張っちゃった感じ？」

ヴィクトリアが大きくなっても、いつもの調子でシャルロッテは話しかける。どんなに大人になったように見えても、可愛い末の妹という存在なのは変わらないのだろう。シャルロッテだけではなく、他の姉たちも同じだった。

ちなみに、シャルロッテは魔導開発局の肩書で工業地区にも出入りし、ウィンター・ローゼの街を自由に闊歩《かっぽ》している。シャルロッテを第四皇女と知る者は、この領主館でも一握りだ。

ベッドの近くまで車椅子を押してきて止めると、ヴィクトリアにさっそく乗ってみる？と話しかける。

アメリアとコルネリアに介助されながら、ヴィクトリアは車椅子に座った。

「姉上、これ、大量生産できます？　病院で使えそうじゃないですか？　ミリアが見たら喜びそう」

「でしょう？　軽量化も成功したのよ」

せっかくのシャルロッテの心遣いなのだが、現在、車椅子は使いたくないとヴィクトリアは思っていた。これを使えば確かに楽ではあるけれど、それだけ自力歩行できるのが遅くなりそうだと不安になる。

そんなヴィクトリアの内心を見透かしたように、シャルロッテが言う。

「使用感がわからないと生産できないからね。クッション性とか機動性とかも、従来の物と比較するのもいいかもね」

商品としてテストも兼ねて使用するのなら、それも大事だろう。姉の誘導は上手いなと思いながら、ヴィクトリアは素直に車椅子に座った。

「室内でのリハビリも終わりましたし、これで湯殿まで行きましょう。姫様」

コルネリアがさっそく、大浴場の準備を部屋の外に控えている侍女に指示する。私室にも風呂はついているが、源泉かけ流しの大浴場の湯槽は広く、その中では腕だけではなく足の関節を動かしたりもできるし、浮力のおかげで、無理なく動くこともできる。ヴィクトリアは日々、リハビリの終了時に入るようにしていた。

アメリアが嬉《うれ》しそうに、ヴィクトリアが乗った車椅子を押す。

「アメリア、どう？　わたし重くない？」

「正直申し上げますと、歩行での介助より断然安心できます」

「安心？」

「はい、姫様は頑張っておられましたが、支え切れるかどうか、不安でした」

「わたしが重くなったから!?」

「……なぜそこを気になさるのですか……」

「最初に黒騎士様に抱っこされた時、もう片腕だっこじゃなかったから……そして最近抱っこしてくれない……」

「……姫様自身が片腕抱っこだとバランスがとれないのでは？　お慕いする方から両腕で抱えあげられるお姫様抱っこは、年頃の令嬢の憧れではないですか？」

「別にお姫様抱っこでなくてもいいの。手をつなぐだけでもいいのに、それもないの……っていうか、お顔見てない！　おはようございますも言えない！」

そして浴室に着くなり、ヴィクトリアはまたため息をつく。

「どうされました」

「中途半端だから、ダメなのかな」

「何が中途半端なのですか？」

「胸が小さいのが不満」

「……」

「……」

アメリアとシャルロッテは顔を見合わせる。

「エリザベート姉上もマルグリッド姉上も、こうじゃないですか」

ヴィクトリアが「こう」と両手で、宙にボディラインを描く。

「ヒルダ姉上だって、脱いだらすごいんですよ！　なんでわたしはそうじゃないの⁉」

ぐっと拳を握り、アメリアに詰め寄る。

「姉上様と比較されてもそこは個人差がありますし……姫様だって全然ないわけではないです。もっと薄い人は薄いかと」

中途半端というよりも、普通の範囲ではないだろうかとアメリアは告げる。

「個人差……全然ないわけではない……」

ヴィクトリアはがっくりうなだれる。

「ほら、なんでもかんでもそろっていると、嫌味だし、ね、ね、美人でスタイルもいいとか、グローリアちゃんはその見た目が良すぎて逆に苦労もしたんだし、ね？」

シャルロッテのとりなしに、ヴィクトリアはため息をつく。

「……欲張りなのはわかってます……あれだけ痛い思いして、命が助かっただけでもありがたいのに……わかってるけど……」

「けど？」

「黒騎士様に……ちょっとでも好かれたいじゃないですか、せっかく大人になったのに。男の人は胸が大きい人が好きでしょ……黒騎士様もそうかなって……」

アメリアとシャルロッテはアイコンタクトを交わす。

——いっそ黒騎士様に胸を育ててもらえばいいんじゃないんでしょうか？

——それ言っちゃダメ。絶対トリアちゃん黒騎士様にそうしてくれって詰め寄るから。

そして、誰がこの姫にそんな不埒《ふらち》なことを吹き込んだのだと、あの堅物の朴念仁《ぼくねんじん》が怒るに決まっている。

シャルロッテとアメリアの沈黙にはっとして、ヴィクトリアは顔を上げる。

「ごめんなさい。大人になったのに、なんだか黒騎士様に避けられているみたいだから……考えがおかしな方向に」

「お姿が変わられても姫様は姫様のまま、閣下をお慕いしていれば、いずれ、お気持ちも通じるかと」

もっともらしいアメリアの言葉に、ヴィクトリアは少し元気が出たようだった。

シャルロッテも、リハビリを手伝いながら、ヴィクトリアの関心を引きそうな話題を選ぶ。

「湯治するにはいいよね、このウィンター・ローゼは。ニコル村で掘削した温泉との泉質の違いもあるし。ニコル村のリゾート化計画もうまくいきそうじゃない？　食事もお酒も美味《おい》しいし」

アメリアと一緒に、介助をしながらシャルロッテが言う。

「本当？」

「静かだし。今は冬だから特にそう感じるのかもしれないけれど」

「姫様、これも最近、ロッテ様が作られたんですよ」

アメリアが手のひらサイズの石鹸《せっけん》を掲げる。

「なに……それ」

「おっしゃっていたではありませんか、リンゴの香りの石鹸です」

ヴィクトリアはアメリアから石鹸を受け取り、シャルロッテを見つめる。

「姉上……！」

「泡立てると、こんな感じになるよ」

シャルロッテが手のひらで石鹸を泡立てる。白い泡は滑らかなクリームのようで、リンゴの香りが広がっていく。

「わあ！　いい香り……ステキ！」

「一応、領主館のみんなに使用感を試してもらって、肌テストしてみた。今のところ誰もかぶれや肌荒れもしていない。トリアちゃんも試してみてね」

ヴィクトリアは、アメリアとシャルロッテに泡だらけにされた。

手に泡をのせて「雪みたい」と呟《つぶや》いている。

そして全身を磨き上げられて、入浴兼リハビリを終える。アメリアがヴィクトリアを着替えさせているときに、シャルロッテはふと思いついたように言う。

「トリアちゃん」

「はい？」

「お洋服買わないと」

「あ……あー」

普通の貴族の令嬢でも、服を作るときはお抱えの服飾デザイナーを呼び寄せ、オーダーメイドする。皇族ならばなおさらだ。

ちなみに今着ているのは肌着も含めて、寝込んでいる時にシャルロッテが購入してきた服である。その上に羽織るガウンも既成品。シャルロッテも長期滞在するつもりで、この街でいろいろと買い物をしたようだ。

「トリアちゃんの住む街だからね、トリアちゃんが率先してお金を使わないと」

「そうですね……ケヴィンさんに連絡をつけてもらいましょうか」

アメリアも頷《うなず》く。

「フォルストナー中佐が現在ここと軍庁舎と官庁とを行き来しているので、弟のケヴィンさんにも会う機会があると思われます」

「今日は帰宅されてしまったかしら……」

　アメリアに身支度を整えてもらい、車椅子に座る。

「ロッテ姉上、なんでも作れるんですね、やっぱりこの車椅子いいです」

　手放しに誉めるヴィクトリアの頭を、よしよしとシャルロッテは撫《な》でる。身体が小さかった頃と変わらない姉の仕草を、嬉《うれ》しく思うヴィクトリアだった。

「あんまり作りたくない物もあるけど、あると便利な物もあるからね」

「そういう職人気質《かたぎ》なところが、ゲイツさんや魔導開発局の方と気が合うところなんだと思います」

　そんな話をしながら廊下を移動していると、ルーカスに会った。

　車椅子に座っているのがヴィクトリアだとわかっているのに、ルーカスは緊張してしまったようだ。

　以前なら気さくに挨拶を交わしていたのに、一礼するだけにとどめている。それはまるでエリザベートやマルグリッドに対峙《たいじ》した時の反応そのものだ。

　それを察したヴィクトリアは、しゅんとしてしまう。

　幼いヴィクトリアの姿の時と、美しい年相応の姫として成長した今の姿との対応の差がはっきりとわかるので、アメリアは白けた視線をルーカスに向ける。

アメリアは軽く咳払《せきばら》いして、ルーカスに切り出した。

「中佐、弟君にお会いすることはありますか？」

「ケヴィンに？　三日に一度ぐらいは町中ですれ違うこともあるけど……」

「姫様の服を仕立てたいのです」

車椅子に座るヴィクトリアを見て、納得したようだ。

「わかった、伝えておく。あ、でも、ケヴィンを殿下に会わせない方がいい」

「なぜですか？」

「俺よりも身の程知らずだ」

「……」

「……」

シャルロッテもアメリアも頷《うなず》くが、ヴィクトリアだけはキョトンとしている。

ルーカスも頷いて、その場を去ろうとするが、ヴィクトリアは彼に声をかける。

「中佐……ありがとうございます」

「え？」

「こんなに遅くまで、黒騎士様とお仕事してくださって」

「……いままで殿下がされてきたことを、ささやかながら手伝っているだけです。アレクシスの方が頑張っていますよ。殿下がお声を掛けてやってください」

ルーカスがそう言うと、ヴィクトリアはまたしょんぼりとする。

美少女の憂い顔は絵になるなと、ルーカスは思う。

「……避けられています」

ヴィクトリアの発言にルーカスは首を傾げる。

「え？」

「どうしても確認が必要な書類とか、黒騎士様がご自身で持ってきてくださってもいいのに、アメリア経由なのです」

「……」

ルーカスがアメリアを見ると、彼女は頷く。

「アレクシスは……殿下が綺麗《きれい》にご成長されたから、照れてるんですよ」

「中佐がお世辞!?」

「お世辞じゃなくて、事実です。ただでさえ、殿下の才気にあてられっぱなしだったのに、いきなり綺麗になりすぎちゃって、正視できないんですよ」

「小さいままのほうが……よかったのかな……前みたいに、たくさんお話ししたいし、一緒にお食事もしたいです」

こんな美女と一緒に食事とか……いままで女に縁がなかったあの男にとって、どれだけ難易度の高いミッションなのかと、ルーカスは思う。

「殿下は殿下だって、わかってるとは思います。なかなか慣れないだけです」

ルーカス自身もまずその見た目で戸惑って緊張するものの、こうして殿下と話をすると、中身はやはり以前と変わらぬ彼女だと認識できるのだから。

それでもヴィクトリアはしょんぼりとしている。

「じゃ、今そう言ってみてはいかがでしょう」

「今？」

「今」

「黒騎士様に？」

「そう」

ヴィクトリアの表情がぱあっと明るくなる。表情がそうやってころころ変わるところは、以前と変わらない。

「じゃ、俺は庁舎に戻ります、服を作る件はケヴィンに伝えておきます。おやすみなさい、殿下」

「はい、おやすみなさい。アメリア、玄関まで中佐をお送りして」

ヴィクトリアのその言葉に、シャルロッテがアメリアに代わって車椅子を押し始めたので、ヴィクトリアは執務室の前で止まるようにお願いする。

ドアをノックしても返事がないので、黒騎士様は私室に戻られたのかなとヴィクトリアは呟《つぶや》く。

シャルロッテにドアを開けてもらうと、アレクシスはソファに座ってうたた寝をしていた。

「……寝てる……風邪ひいちゃいますよ」

「いくら部屋を暖かくしていても冬の辺境地だよ。トリアちゃんに続いて、黒騎士様が倒れられたら大変だ、毛布を持ってくるね」

「ありがとうございます、姉上」

ヴィクトリアはゆっくり車椅子から立ち上がって、黒騎士の座っている隣に腰かけた。

「黒騎士様……お疲れ様です」

ヴィクトリアが、今使っていた自分のひざ掛けをアレクシスに掛けようとすると、ソファの背に身体を預けていた彼の身体が横倒しになって、ヴィクトリアの膝に頭を乗せる態勢になってしまった。

その一瞬、膝にかかる重さに驚いたものの、声を上げるのをこらえた。

そしてヴィクトリアは自分の膝に頭を乗せるアレクシスを見る。

——黒騎士様……可愛いかも……小さい子みたい！

無意識に暖かさを求めているのか、彼の手が、ヴィクトリアの腰を抱き寄せた。

「黒騎士様!?」

ヴィクトリアの声に、目が覚めたらしい。

頭を膝に乗せたまま、ぼんやりとヴィクトリアを見上げる。

「……ヴィクトリア……」

呼ばれてドキリとする。

いつも「殿下」か「ヴィクトリア殿下」と呼んでいた。「ヴィクトリア」と呼び捨てることはなかった。ヴィクトリアが倒れた時、うろたえた彼はヴィクトリアを呼び捨てにしたのだが、当の本人は激痛のあまり、そこの記憶は曖昧なものだった。

ぼんやりしているし寝ぼけているのはわかっていたけど……。

――ドキドキする。それに黒騎士様、なんか……なんていうか……寝ぼけているのにカッコイイってどういうことですか!? いや、でも、ひさしぶりにぎゅーってされてる！

わたしもぎゅーする！

最近ようやく思い通りに動くようになった腕を彼の背に回して、「はい……」とヴィクトリアは返事をした。

すると、アレクシスの、ぼんやりとしていた意識が覚醒したようだ。

閉じそうだった目が見開いて、固まっている。

「……殿下……!?」

そう叫んで、慌てて上半身をバッと起こし、ヴィクトリアを抱きしめていた腕を離す。

「な、なんで!?」

「……お湯をつかった帰りに、執務室を覗《のぞ》いたら黒騎士様がうたた寝していたのです」

アレクシスはヴィクトリアの座る反対側に身体を倒した。

——夢かと思ったのにっ……。

温かくて柔らかくて、そのまま抱きしめたいと思ったら目が覚めて、大きくなったヴィクトリアがいて——あのまま寝ぼけたままだったら何をしていたか、アレクシスは考えたくなかった。

そんなアレクシスの思いも知らず、ヴィクトリアは「風邪をひきます！　黒騎士様」と言い募る。

「それは殿下でしょう。お湯をつかったのなら、湯冷めしないうちに、お部屋にお戻りください」

そしてアレクシスがヴィクトリアを促すと、ドアに寄りかかっていたシャルロッテとアメリアが視界に入る。

「……シャルロッテ殿下……侍女殿……いつから………」

「トリアがひざ掛けを黒騎士様に掛けてるところから……」

「おおむね全部です」

そんな二人の言葉と生温い視線を受けて、アレクシスはソファに突っ伏し「勘弁してくれ」と呟《つぶや》くのだった。


そして日を置かずに、フォルストナー商会のケヴィンの元に、ヴィクトリアの服を作りたいという伝言が入り、彼はすぐ懇意にしている仕立て職人を連れて、領主館を訪れた。

「ねえ……あのさ、僕も一応は仕事で来ているわけで……なのに、なんでこんなに物々しく警戒されるのか、兄さんに聞きたいんだけど……」

ケヴィンが呟く。領主館に到着するなり、第七師団の団員が数名ケヴィンを取り囲み、ヴィクトリア殿下の私室の前にも同じだけ警備が配置されている。

「皇族がいらっしゃる領主館の警備なら、これが普通だろ」

目の前の書類に目を通しながら、ルーカスが素っ気なく言い放つ。

確かに、それは帝都であれば頷《うなず》ける。

しかしここは辺境領。シュワルツ・レーヴェだ。

今までならヴィクトリアにも直接会えた。そして連れてきた職人を引き合わせたのに、ケヴィンに挨拶もさせずに、仕立て職人だけを殿下のところに案内していった。

もちろん、仕立て職人は皇女殿下の服の仕立てのため、全員女性だ。冬になって哨戒《しょうかい》の仕事が減ったとはいえ、警備が厳重すぎるのではないだろうかとケヴィンは思う。

「殿下はお元気になられたんでしょ？　ご挨拶ぐらいはしたいなって思ったんだけど」

「完全ではない」

「え？」

「お身体の自由がいまだきかないのだ」

ルーカスがそういうと、ケヴィンは「なるほど、それならば直接お会いしては殿下に負担がかかるのか」と納得して、侍女が運んできたお茶を口にするのだった。

そしてアメリアの案内でヴィクトリアの私室に通された服飾店の仕立て職人は、コルネリアに前置きされた。

「殿下はまだ完全に回復されたわけではありません、サイズの計測はできるだけ速やかにお願いします、あと、どんなに驚いても悲鳴をあげてはなりません」

その言葉に、職人の一人であるカリーナが、アメリアとコルネリアに畳みかける。

「お身体に傷でも!?　それとも伏せってた時に、なにかひどい発疹《はっしん》でも!?」

「いいえ……、そういうことではありません、貴女《あなた》方はヴィクトリア殿下の服をお仕立てするのは今回が初めてではありませんよね？」

「はい、何度かこちらでお仕事をさせていただいています」

「サイズが変化したのです」

「……変化」

「病ではなく、魔力を過剰に解放したため、今までのお身体では耐えきれず、本来のお姿にご成長されたのです。とにかく、サイズをお許りするのは速やかに願います。ロッテ様、殿下をこちらへお願いします」

アメリアの言葉に、皆、真剣な表情で頷《うなず》く。

私室につながる寝室のドアを開けて、ロッテに車椅子を押されてヴィクトリアが姿を現した。

職人たちは、叫びそうになるのをようやくこらえた。

どんなに前もって言われても、彼女たちは今までのヴィクトリアの印象が強いようで、声を上げないように気をつけるのがやっとだった。

「……驚きますよね……やっぱり……」

口を開けば、その声は間違いなく今までのヴィクトリアのもの……。

「わたしも鏡を見るたびに、とても複雑な気持ちになるのです」

カリーナが、まず一番最初に通常の仕事モードに切り替わる。

「殿下、車椅子に座られていますが、立ち上がることはおできになりますか？」

「ええ、大丈夫。本当は、車椅子とかも使いたくないの。でも、いきなり成長した身体がまだ思うように動かなくて、アメリアも介助し辛《づら》いからこうして使っているだけなの」

「コルネリア様のおっしゃる通り、速やかにサイズを測らせていただきます。サイズさえ測定できれば後は布やデザインの打ち合わせでございますので」

そう言われてヴィクトリアは頷く。

その言葉のやりとりに、他の職人たちも気を取り直したようだ。

速やかにヴィクトリアのサイズを測り終える。

「殿下、お疲れではございませんか？　サイズは測り終えましたので、デザインの打ち合わせになりますが」

「ええ、大丈夫」

ヴィクトリアが車椅子に座り、他の者も皆、ソファを勧められた。

「いままでの殿下のご衣裳も作りがいがありましたが、今後のご衣裳も作りがいがございます」

今までのヴィクトリアのドレスは、この辺境地に来てからは彼女たちが作っていた。豪商や裕福な住民たちは、そのドレスを参考にして、自分の娘の服を仕立てさせることもあった。

コルネリアが最初に作ったあの軍服をモチーフにしたワンピースも、替えが必要だったので、彼女たちが似たようなデザインで何着か仕立てた。

そしてヴィクトリア殿下は、十六歳の年頃の女性らしい体型に……絶世の美女である第五皇女に瓜二つ《うりふた》といっていい見た目になった。

自分たちの作ったドレスを、その殿下が着る――自分たちの腕が、帝国の年頃の令嬢たちの注目を集める絶好のチャンスである。

とりあえず、いま必要な夜着や部屋着を何パターンか決めていく。

「雪まつり用のドレスも考えましょう。無事に成長されて元気になられた殿下を、みなお待ちしてますもの！」

「そうね！」

職人たちがキャッキャとはしゃいで、布やデザインをヴィクトリアに勧めてみる。

同じように、モノづくりが好きなシャルロッテは、彼女たちの仕事に対する姿勢が気に入ったようだ。ヴィクトリアにあれもこれも着せたいという雰囲気がいい。

もちろん、シャルロッテ自身も、末の妹が他の年頃の令嬢と同じようにドレスを纏《まと》った姿を見たかった。美形は何を着ても似合うが、やはり年頃の少女が可愛らしい服を着るのは特別なのだ。

「あね……じゃなくて、ロッテ様も、何かあつらえたらいかが？」

ヴィクトリアがそう言うと、彼女たちもシャルロッテを見て、頷《うなず》く。

「ロッテ様、ステキな銀髪だから！」

「魔導開発局の制服もお似合いですが、ドレス姿も見たいです！」

口々にそう言う彼女たちに、シャルロッテは笑みを浮かべる。

「うん、そのうち見繕ってもらおうかな。でもさ」

「でも？」

「忘れてない？」

シャルロッテが一言、ポツリと呟《つぶや》く。

「当面はヴィクトリア殿下の普段着用するドレス、それを急いで作ってもらうとして、キミたち、考えてるよね？」

「なんでしょう、ロッテ様」

「ヴィクトリア殿下も今から用意しておいた方がよろしいと思いますけど」

「え？　用意って……？」

「結婚式用のドレス、お忘れでは？」

楽しそうにヴィクトリアの服を考えている彼女たちの職人魂に、ロッテが燃料を投下した。

皆が固まる。

そしてヴィクトリアをまじまじと見つめる。

「けっこんしき……」

「ウェディング……ドレス……」

「はなよめいしょう……」

各々がそう呟く。

「挙式のドレスは多分皇妃陛下がご用意されるだろうけれど、結婚式が終わった後も内々で開く晩餐会《ばんさんかい》では、新婦はウェディングドレスに準じる白い衣裳を着けるのがこの国の習慣だよね？」

ロッテが職人魂に投下した燃料が、ゆっくりと回っていく。シャルロッテにはわかる。そして火が付いたように叫ぶ。実際、火が付いたと言っていい。

「お着せしたい！　着ていただきたい！」

「あああぁ、あのデザインもこのデザインも！」

「フリルもレースもリボンも！　サテンもオーガンジーも‼」

「ほら、最近できた、あのオルセ村のニーナさんのベールの素材もいいわ！」

「わたしたち、全力で考えます！　作ります！　だから、その仕事どこにも振らないでくださいませせえええ！」

彼女たちは跪《ひざまず》いてヴィクトリアに懇願する。その様子をシャルロッテはニヤニヤしながら眺める。

ヴィクトリアはそう言われて、白い頬を染める。

「年が明けて、春になれば、結婚式ですよね？」

シャルロッテにそう言われて、ヴィクトリアは両手を頬に当てて照れた。

「そうよね……春に……わたし、結婚するの……黒騎士様の花嫁に……」

「素敵な花嫁様になるお手伝い、わたしたちにさせてください！」

カリーナがぐっと握り拳を作って、ヴィクトリアとシャルロッテに言い募る。

「うんうん、黒騎士様が、泣いて喜ぶような衣装を頼むよー」

「任されましたあああ！」

泣いて喜ぶだろうか？　綺麗《きれい》になりすぎて、現在避けられっぱなしなんだけど……いいのかなとアメリアは思う。

しかし、ファッショニスタな感性と職人魂に火の付いた彼女たちの勢いは止まらないようだった。というか、なぜか彼女たちが泣いている。

「カリーナさん、あたしたち、帝都から出てきて、ここにきて、ようやく……」

「泣いちゃダメ、泣いちゃダメよ」

「カリーナさんの英断に乗ってよかった……」

「この辺境に行くと聞いた時は一瞬迷ったけどっ……」

彼女たちは、帝都のわりと大きな店でお針子として働いていて「いつかわたしたち、この店から独立して頑張りたいね」と、励まし合っていた。

勤めていたところは従業員も大勢いて、そこに勤める者は、独立を夢見る者と、普通に働いて給金がもらえればいい的な者と二極化しており、うまく独立した者たちもいれば、独立したものの、同じ店出身同士で潰し合うのもありと、まさに弱肉強食のような厳しい競争があった。

数か月前、カリーナに独立するから来ないかと誘いがあったが、カリーナがこの店で知り合った彼女たちも一緒ならと言うと、この話はなかったことにと断られたのだった。

その話を聞いた三人は「いっそカリーナさんが独立したらどうだろう、あたしたちついていくから」と背中を押した。

しかし、独立しても、帝都にいれば食うか食われるか、潰されるか干されるか、成功するのはほんの一握りだから、不安になる。

じゃあ、近隣の領地に行くか。そこは帝都ほどではないものの、それなりに商売をしている店の繋《つな》がりが強い。

でも、それでは結局は同じ道をたどるのではないか――。

そんな折、フォルストナー商会が辺境に店を構えるという噂《うわさ》を聞いて、彼女たちはケヴィンに直談判したのだった。

帝都から辺境の新領地までの移動の際には、野宿もしなければならないし、魔獣に遭遇するかもしれない、危険度が高いということで、女性の従業員を多く抱える同業者がしり込みしているのを見たカリーナは「いまがチャンス、移動して縄張りを確保するのよ！」と移住第一陣に名乗りをあげて、この辺境にやってきたのである。

見事に仕事を軌道に乗せ、第六皇女殿下の服を任されることになり、帝都からの移住で成功を治めた彼女たちだった。

幼い殿下の服を仕立てることは栄誉でもあったし、楽しくもあったが、今回のことは、そんな彼女たちの意欲を盛り上げるのに十分すぎるほどの出来事なのだ。

なんといっても大人の女性のドレス、そしてそれを着るのは、あの大陸一の美女と瓜二《うりふた》つの妹君。

ヴィクトリア殿下が後々、社交シーズンで帝都に赴けば、その衣装は若い貴族の令嬢たちの注目の的だろう。

辺境地の新街ウィンター・ローゼには、ヴィクトリア殿下着用の素敵な服を作る店があると、帝国内に宣伝できるのだ。

「リンダ、とりあえず今すぐ必要な夜着や肌着、小物などを頼みます。これは洗い替えが必要なので、柔らかくて保温性のある素材で数を作って」

カリーナが指示を与える。

「了解です」

「部屋着はパウラ。リンダもパウラも、急いで何着も作って」

「はい」

「わたしとマリナは外出用のドレスと外套《がいとう》を。パウラとリンダほどではありませんが、こちらもそれなりに数も必要です、あわせて雪まつり用の衣装も進めます。殿下がお気に召したデザインをベースに各自お願いします」

とりあえず当初の予定通り、普段着と雪まつり用の服を優先し、随時、花嫁衣裳や社交シーズンに帝都の夜会で着るドレスの打ち合わせをすることが決まった。

部屋の中にはそんな女性たちの楽しそうな空気が流れて、中心にいるヴィクトリアも、気持ちが明るくなっていくのを感じていた。


その時、部屋の中とは対照的な事案が、部屋の外で起きていた。

ヴィクトリアの私室前の廊下を警護しているカッツェとクラウスの二人が、本来ここに存在しないはずの物体を目の前にして、困惑していた。

「……なんでこいつが……ここにいるんだ。オルセ村にいるはずだろ」

「いや、最近ヘンドリックスの周りをちょろちょろしていた。きっとケヴィン氏とカリーナ嬢たちが入館した際に、こっそり紛れ込んだんだ」

警護二人の前には小さな灰色の子犬がいる。子犬のように見えるが実際は狼《おおかみ》の子……オルセ村のクロとシロの子、アッシュである。

おとなしくぺたりと二人の前にお座りしていたが、「アン」と鳴き声をあげる。まるでそのドアを開けてというように。

「お前……可愛いからって、お兄さんたちが言うこと聞くと思うなよ」

「殿下はまだ完全に回復されていないんだよ、おいで」

二人がそう言うが、二人の間をすり抜けて、ドアに前足を突いて開けてというように鳴き声をあげる。クラウスがアッシュを抱き上げた。

「こら、いい子だから、こっち来い」

しかし、その騒ぎが部屋の中にも聞こえたのか、アメリアがドアを開けた。

「何事ですか？」

「アメリア殿……」

アメリアがクラウスの抱いているアッシュを見て、目を見開く。

「アッシュ!?　どうしてここに！」

アメリアの声に、ヴィクトリアが反応する。

車いすを反転させて、なんとか一人でドアに近づいた。

すると可愛い子犬の鳴き声が、ヴィクトリアにもはっきりと聞こえた。

「子犬……？　え？　もしかしてアッシュ!?」

ヴィクトリアが声をあげると、クラウスの腕からパッと飛び下りてアメリアの横をすりぬけていく。

「あ、こら！」

「まて！」

さすがは野生の狼《おおかみ》の子というべきか、一連の動作は素早かった。アッシュはヴィクトリアの前に走り込んだ。

「アッシュ！」

ヴィクトリアが声をかけると、「アン」と鳴いて答える。

腕を広げてアッシュを見て、嬉《うれ》しそうにヴィクトリアは笑顔になった。

アッシュがピョンとヴィクトリアの膝目がけて飛びつくので、ヴィクトリアは車椅子に座ったまま、アッシュを抱き上げた。

「おまえ、ここまで来てくれたの⁉」

「クーン」

鼻を鳴らして、しっぽをちぎれんばかりに振るアッシュ。

「えー、いい子、優しい子ね、嬉しい。わたしは見た目が変わっちゃったけど、アッシュにはわかるのね⁉」

よしよしと、ヴィクトリアはアッシュを撫《な》でまくる。

そしてドアの前に立っている二人、カッツェとクラウスが、車椅子に座っているヴィクトリアを見つめているのに気が付いた。

ちなみに、ヴィクトリアの成長した姿を見た第七師団員は、アレクシスとルーカス以外にはこの二人が初めてだった。

「あ。カッツェさん、クラウスさん、お久しぶりです。お二人がこの子を連れてきてくれたの？」

ヴィクトリアの言葉に、二人は首を横に振る。

「あ、あの……」

「なあに？」

「ヴィクトリア殿下……？」

「はい……あ、あれ？　そういえば、黒騎士様とルーカス中佐以外の第七師団の方々にはまだこの姿でお目にかかってなかったかしら？」

アメリアは失敗したと思った。

カリーナたちに叫ばないようにと通達したのに、それが意味をなさなくなる瞬間だった。

カッツェとクラウスの絶叫が領主館に響きわたったのである。二人が叫んだ瞬間、アメリアの動きは素早かった。

というか、侍女にあるまじき対応だった。第七師団の二人を蹴り飛ばし、ドアの外に押しやってドアを閉めたのだ。

だが、その叫びを聞いたほかの警備の団員までやってくる羽目に。

「どうした、何があった」

口をぱくぱくさせるだけで要領を得ない二人に問いかけるが、アメリアが鋭く二人を睨《にら》みつける。

「なんでもございません」

アメリアが答えるが、他の師団員がドア前の警備をしていたクラウスに問いかける。

「なんでもないって……何事だ、クラウス」

「子犬が、この館に侵入しただけです」

クラウスの代わりにアメリアが答えた。

「子犬？」

「オルセ村のクロの子供だから狼《おおかみ》と言うべきか……アッシュです」

「なんでアッシュが！」

「第七師団の警備はザルですか？　たかが子犬一匹の侵入も防げないとは」

アメリアの言葉が攻撃的である。扉の警備をしていた二人を睨みつけたまま言う。

「それとも？　臥《ふ》せって誰にもお会いになれない殿下の無聊《ぶりょう》をお慰めするために、どなたかが入れたのでしょうか？」

叫んだ二人を睨みつけ、言外に、今見たことは誰にも言うなという圧力をかける。

ルーカスとアレクシスも、護衛の二人の声を聞いて駆けつけた。

幸いなのは、ケヴィンの姿が見えないことだった。そこへ階段を駆け上がってきて、集まっている師団員に合流したのはヘンドリックスだった。

「すみません、先ほどケヴィン氏をお見送りした際に、狼の子がこの館に入ってしまって、まさかこの騒ぎは……」

アメリアもクラウスもカッツェも、アッシュが入り込んだ原因が判明して、ヘンドリックスを見た。

するとドアがそっと開いて、シャルロッテがアメリアに声をかける。

「アメリア、カリーナさんたちがお帰りですって」

「カッツェさん、クラウスさん、カリーナ嬢たちを門までお送りいただけますか？」

クラウスとカッツェは首を縦に振る。

「各自持ち場に戻れ」

アレクシスの一声で、ヴィクトリアの部屋の前から皆、定位置にもどっていく。

部屋から出て玄関に向かうカリーナ嬢たちと、ドア前の警備二人を見送って、アメリアはアレクシスに頭を下げた。

「閣下……わたくしの失態です……カッツェさんとクラウスさんに殿下のお姿を……」

「それはいい。いつまでも隠せることでもないし、館にいる団員には、現在の殿下のご様子を知らせておいた方がいいだろう……」

確かにそれはそうなのですが、と呟《つぶや》き、アメリアはがっくりと肩を落とす。

「殿下を執務室へお連れしてほしい」

「かしこまりました」

アメリアが一礼して部屋に戻ると、ヴィクトリアはアッシュを撫《な》でまわしていた。アッシュは自分の首に巻き付けられている布きれを、前足でカシカシと掻《か》いて解こうとする。

「なあにアッシュ。首輪なのかしら？　布を取りたいの？」

鼻先で可愛らしく鳴かれて、ヴィクトリアがそれを取ろうとするが、指先がまだ思うように動かないようだった。シャルロッテが見かねて、手伝って布切れを外すと、中からコロリと子供のこぶし大の石が転がり落ちた。

ヴィクトリアの膝の上に転がった石をシャルロッテは取って、眼鏡を指で押し上げてまじまじと見つめ、膝に戻した。

するとアッシュは鼻先でその石をヴィクトリアの手に押し付けてきた。

「え？　もしかしてお土産なの？」

正解です、とでも言うように、アッシュは鳴き声をあげた。

「もう！　アッシュ、可愛い！」

ヴィクトリアがアッシュを抱きしめると、また嬉《うれ》しそうにアッシュはしっぽを振っていた。

「ロッテ姉上、どうしたの？」

「うん。これ、ちょっと加工してみてもいい？」

ロッテがアッシュにいいかな？　と尋ねると、アッシュはしっぽを振っていた。ヴィクトリアが首を傾げて尋ねる。

「何か特別な石なんですか？」

「多分」

姉妹のやりとりを見守っていたアメリアが、ヴィクトリアに声をかける。

「姫様、体調がよろしければ、閣下が執務室にてお待ちです」

「ほんと!?　黒騎士様が呼んでくださったの!?　わーアッシュ、お前のおかげかも！　アメリア、早く早く！　行きましょ！」

アメリアを急かすが、彼女は皆さまとお会いするならお召し替えをと、ヴィクトリアを着替えさせる。シャルロッテが買い揃《そろ》えてくれた服を選び、その上にガウンを着せて療養中のお姫様の体裁を整えると、車椅子を押してシャルロッテも一緒に執務室に向かう。

執務室のドアをアメリアがノックすると、ルーカスが扉を開けた。

「黒騎士様！　おはようございます！」

すでにお昼を過ぎているのだが、ヴィクトリアは本日初めてアレクシスにちゃんと会ったから「おはようございます」の言葉が出ていた。ここで「ごきげんよう」と言わないところがヴィクトリアらしいと、アレクシスとルーカスは思った。

「アレクシス、この部屋だと団員は全員入らないぞ」

「……メインダイニングならどうだ？　エントランスホールより、そちらの方が暖かい」

「それなら入るか……ダイニングルームに集合させよう」

ルーカスが伝令に伝えていると、アレクシスはヴィクトリアに話しかけた。

「殿下、本日この領主館にいる団員たちに、目通りをお許しください」

「はい……？」

「部下に、警護対象である殿下の現状を知らせるためです」

「あ、はい。そういうことですか……」

一緒にお仕事するのかも！　と思っていただけに、期待がはずれたという表情になる。

階段まで来ると、アレクシスがヴィクトリアを抱き上げようとするが彼女は断った。姿が変わっても、ヴィクトリアのことだから、黒騎士様に抱き上げてもらえば、照れながらも嬉《うれ》しそうにするものと思っていた。だから、ヴィクトリアの拒否は、ルーカスにとっては信じられないほどだった。しかし彼女は、車椅子の肘掛けに手を突いて立ち上がる。

アレクシスが差し出した手を拒否したのは、自分の力で立ち上がり、階段を下りたいためだとわかるが、場所が場所だけに転がり落ちでもしたら……と案じた。

「わたし、この身体になってから、階段を下りたことがないから自分で下りてみたいの……お時間かかりますけど、いいですか？　黒騎士様」

キリッとした表情で、そう告げるヴィクトリア。

身体が大人になっても、そういうところは、幼い姿の時の彼女のままだ。アレクシスはヴィクトリアの数段下で、彼女が一段ずつ自力で階段を下りるのを見守る。万一力がつきてバランスを崩したら階段から転がり落ちてしまうため、アレクシスがすぐ下で受け止めるつもりなのだろう。

ゆっくり一段ずつ、ヴィクトリアは手すりにつかまって階段を下りる。あと少しで踊り場に到着する時になって、ヴィクトリアはバランスを崩した。アメリアもシャルロッテも慌てて手を伸ばすが、アレクシスがヴィクトリアをさっと支える。

「今日はここまでにしましょう、殿下。階段のリハビリはまた後日に」

「……はい……ごめんなさい。黒騎士様、お時間取らせてしまって……ねえアメリア、わたし、階段下りることができたわ！　頑張ってこれもリハビリしたい！」

しかしその場にいる者は、今みたいにバランスを崩したヴィクトリアを支えられれば問題はないが、階段のリハビリは危険だと思う。

「アメリア殿だけでは危険です。その際は私にも声をかけてください」

アレクシスがそう言うと、ヴィクトリアは花がほころぶように明るい表情になった。

ダイニングルームには、今日領主館の護衛についている団員たちが招集されていた。

ドアがルーカスとアメリアの手で開けられ、アレクシスが車椅子を押して入室してくる。車椅子に座る人物を見て、全員声を上げるのはこらえたが、目を見開いている。

「閣下……その方は……」

フランシス大佐が声をかけると、アレクシスは頷《うなず》いた。

「先月、殿下は線路の高架橋を作製する魔術の後、お倒れになったが、現在は起き上がれるまでになられた。……殿下はこの新領地に来て魔力を使用しすぎたことで、お身体が変わられた。現在の第六皇女殿下だ」

アレクシスは説明する。

「今後の警護対象を明確にしたいので、まだお身体が完全ではないがお越しいただいた」

「わー、みなさん、お久しぶりです」

ぬいぐるみのような子狼《こおおかみ》のアッシュを抱きしめて車椅子に座るヴィクトリア。プラチナブロンドの髪に菫《すみれ》色の瞳。

声もその言葉使いも以前と同じだが、目の前にいるのは幼い姫ではなく、美しい十六歳の姿に成長したヴィクトリア。

「……で……殿下は……たしかに殿下ですが……」

「別の殿下……そっくり……」

第五皇女グローリアを知る団員たちもいて、そんな声が漏れ出た。

ざわめきと動揺が広がっていく。

「な、な、なんでそんな」

「そっくりではないですか！」

「髪と目の色はたしかにヴィクトリア殿下ですが！」

「ご成長されたって……いきなりすぎる！」

ルーカスが、慌てふためく団員に冷静に声をかけた。

「今しがた、閣下が説明された通りだ」

ヴィクトリアは驚く団員たちの様子を見て、アレクシスに視線を向ける。

「……慣れるまで、ずっとこんな感じですか？　黒騎士様……」

「領民にも会われるでしょう、殿下ご自身もこの反応には慣れた方がよろしいかと」

「黒騎士様は慣れました？」

「慣れるよう努めます」

「正直ですね。そこで慣れましたとかおっしゃらないところが、黒騎士様らしいです」

団員たちが騒いでいるので、自然と顔を近づけて小さな声で会話を交わしているのだが、またそれを見て、火に油を注いだようにわあわあと騒ぎ立てる。

「すぐにわたしだってわかってくれたの、アッシュだけね……」

ヴィクトリアがそう呟《つぶや》いてギュッとアッシュを抱きしめると、アッシュも嬉《うれ》しそうに鼻を鳴らしている。

騒ぎ立てる団員の中で、いち早く復活したのはフランシス大佐だった。

「閣下が今まで以上に警備を厳しく言われる理由がわかりました。殿下のお変わりようは、不遜《ふそん》な輩《やから》が近づかないとも限らない……」

その言葉に、団員たちはピタリと騒ぐのをやめた。

今までも、殿下の警備は注意を払っていた。だが、この状態では、さらなる注意が必要であると気付いたのだ。

「ヴィクトリア殿下は第五皇女殿下そっくりのお顔立ちとなられたが、まだ魔力がコントロールできていないご様子です。今のままだと非常に危険です」

フランシスの言葉に、アレクシスとヴィクトリアは彼に視線を向ける。

「どういうことだ？　フランシス大佐」

「失礼。他の魔力、今まで使用されていた土系の開墾や建設、掘削の魔力や、閣下のお目を癒した癒しの魔術に関してはなんとも言えませんが、わたしが見た目でわかるのはチャームの魔力です、駄々洩れですから」

その言葉にヴィクトリア自身首を傾げて呟いた。

「チャーム……？」

「かの第五皇女殿下は、ご自身の容姿から出るチャームの魔力は、かなり制御されていたご様子でした」

「そうなのか？」

「はい、ただ……わたしが記憶している限りだと……」

「なんだ言ってみろ」

「サーハシャハルのカサル王子とご婚約がお決まりになる前、やはり、いまのヴィクトリア殿下と同じ状態だったかと……」

「ああ……当時の第五皇女殿下は、カサル王子に恋する乙女でしたからね」

シャルロッテが遠い目をする。

シャルロッテの説明によると、当時、第五皇女殿下には求婚者が列をなし、彼女自身は政略結婚の対象という自覚をもっていたが、サーハシャハル王国のカサル王子と出会って、恋に落ちたそうだ。

サーハシャハルは一夫多妻の国で、カサル王子にはすでに二人の妻がいた。第五皇女殿下は悩んで、でもやっぱり好きな人には振り向いてもらいたくて、いつもはコントロールできているはずのチャームが駄々洩れの状態だったという。

「ヴィクトリア殿下は、黒騎士様好き好き状態が継続中だから……チャーム駄々洩れもあるよね」

シャルロッテのとどめの発言に、団員たちは無言でアレクシスに視線を集中させた。その視線は『苦手だろうがなんだろうが、ここは殿下に甘い言葉の一つでもかけて、このチャームを収束させてほしい』という懇願。

「殿下……」

「はい！」

「グローリア殿下に、お手紙でその極意をご教授願われたほうがいいでしょう」

アレクシスがそう言うと、ヴィクトリアは声をあげる。

「えー！　そんなチャームって言われても、わかりません！　お手紙は定期的に出してますので、今回のことはお知らせしますけど……」

「チャームはなあ……だいたいが無自覚だからなあ……」

シャルロッテが見事な銀髪を乱暴にかきむしりながら呟《つぶや》く。

「まれに自覚のある方はなんというか……ご性格が……」

アメリアもこめかみに指をあてて呟く。

「うん、それを自覚して使うわけだからね、ヴィクトリア殿下には無理だよ。第五皇女殿下自身もご苦労されていたみたいだから――チャーム使いこなすのを」

「やっつけ仕事では身につかないってことですか……」

シャルロッテとアメリアの会話を聞いたヴィクトリアは、困惑したように聞いた。

「第五皇女殿下の護衛の方も一苦労で、最後の最後はヒルデガルド殿下の第三師団が代わりに警護に当たってたからねえ」

ヒルデガルドの統括している第三師団は、女性騎士で編成されているためだ。

その場にいる第七師団の面々も「ああ……」と、当時を思い出したのか遠い目をする。

しかし、ここは冬の辺境だ。雪に阻まれ、帝都から第三師団を呼び寄せるのは、簡単にはいかない。まして、すでに第七師団が領軍としてここにいるのに、第三師団まで辺境に移るとなったら、軍務省はともかく、他の貴族が黙っていないだろうし、戦力のパワーバランスが偏って、継承権争いをさせて政権中央を狙いたい貴族が、水面下で動きだすだろう。

「あれだ。もう、外出されるときは、閣下が殿下のお傍《そば》を離れないようにするしかないでしょ」

シャルロッテの言葉に、アレクシスは答える。

「今と変わらないが?」

それを聞いた団員たちが否定する。

「そんなことはありません！　だって殿下はわりとご自由にしていられたではないですか。工務省の建設事務所や官庁や我々第七師団の庁舎に移動する際、アメリア殿と一、二名の護衛のみという態勢が通常でした！」

みんなが口々に言う。

「……だって黒騎士様はお忙しいから……」

その言葉に、殿下の方がいろいろ動き回っていられましたよと、心の中で誰もが突っ込みを入れる。

「殿下だって、いつでも閣下がお傍にいれば、嬉《うれ》しいですよね？」

フランシス大佐がダメ押しで聞くと、ヴィクトリアはアッシュを抱きしめてはにかむ。

その場にいた独身の団員たちが、歯ぎしりしたい感じでアレクシスとヴィクトリアを見る。今までの子供の容姿だったら微笑《ほほえ》ましいだけですんだのに、現在のヴィクトリアがそれをしたら、もう……。

――おまえら爆発しちまえとか、言いたそうだね。

シャルロッテがアメリアにこそっと話しかける。

――その筆頭があのチャラ男ですが。

アメリアもこっそりと返す。

「だってご結婚されるのだし」

フランシス大佐が冷静にそんなことを言う。

「だって婚約者だし」

「そうだよな……婚約者だし……」

「そう……こんやく……」

独身の第七師団の面々が、だんだん落ち込むというか涙目になっていく。

「なんで泣くんだよ……」

ヘンドリックスが呟《つぶや》く。

「黙れ新婚！」

「お前に俺たちの気持ちがわかるか！」

「寂しいんだよ、彼女欲しいんだよ、全部言わせんなよ！」

「お、俺、目から汗がっ……」

「泣くな……俺たちの希望じゃないか……女に縁のなかった閣下が、最後にはこんな美姫を嫁さんにするんだぞ……俺たちも希望持とうよ……」

そんな団員たちを見て、ヴィクトリアはアレクシスに目を向ける。

もともとそういったことには疎いし、嫉妬も羨望もどこかへ置き忘れ、このたびの政略結婚の話が皇帝からの勅命《ちょくめい》でなければ、一生独身を通すつもりだった男だ。

そんな男にアドバイスを求めても気の利いた言葉が出てくるはずもなく、無表情ながらも、困惑している感じがヴィクトリアにはわかる。

「は、春になったら、学園都市に人も来ますから！　そ、そんなに泣かなくても!!　んーと、んーと、えーと、そうだ！　春になったらこんなイベントどうでしょう！」

ぱんと手を叩《たた》いて、ヴィクトリアが声を上げる。

「集団お見合いパーティー！」

むせび泣いていた団員たちがヴィクトリアを見る。

「集団……」

「お見合い……」

「パーティー……」

その菫《すみれ》色の瞳が、いつものようにキラキラしている。

姿は大人だが、やっぱりいつものヴィクトリア殿下だと団員たちは思う。

自分たちのほんの少しのおふざけから、いまこの姫は、例のとんでもない発想力を発揮しようとしているのがわかった。

「このウィンター・ローゼは、観光地として収益をあげていきます。それはみなさんもご存じですよね、食べ物も美味《おい》しいし、温泉もある。でも、それだけではまだ足りないのです。何か楽しい催しモノが必要なのです。ここにきて体験した、『秋の収穫祭』、これは秋の一大観光イベントとして国内に知らせることができます。そして冬は今後行われる『雪まつり』。街道はできたもののここまでの道はよくありません。今年の『雪まつり』は、まだまだ試験的な段階というか、プレイベントです。今後、鉄道が通った際には、冬のイベントとして定着させていけば、こういう観光地に興味を持った若い女性も訪れてくれるでしょう？」

ヴィクトリアは力んで続ける。

「冬の雪まつりもロマンチックだけど、春の景色はどうかなとか、アクアパークに遊びに行こうとか、誘い合って来てくれるかもしれないじゃないですか！　実際、辺境領はまだまだ人口は足りません。が、酪農や漁業は少ない住民でいい業績をあげています。『田舎だけど、ステキなところなんだ！　お嫁さんに来てほしいなっ』て、アピールをする場としてお見合いパーティーを開くの！　マルグリッド姉上だって、帝都で時々そういう夜会を主催しています。どうです？　春のイベント、お見合いパーティー！　お嫁さん迎えて人口も増やそう、みたいな？」

一気にそう言ったヴィクトリアを、その場の誰もが固唾《かたず》を呑《の》んで見つめる。

ルーカスがすげえ……立て板に水……と呟《つぶや》く。

「あれ？　だめ？」

コテンと小首を傾げる。

「……やっぱりヴィクトリア殿下だ……」

「今のは殿下だ……」

「ああ……まごうことなき、第六皇女殿下ヴィクトリア様……」

第七師団の団員たちが、まじまじとアレクシスを見る。

これはやばい。フランシス大佐の言うように、閣下がお傍《そば》にいた方がいい……。

こんな、美貌も才能も魔力も兼ね備えた姫様なら、誰だって欲しがる。隣国が、大陸中が、彼女を欲しがる。それこそグローリア殿下争奪戦以上のことが起きる。

おのおのが、心の中でそう思う。

「えー？　お見合いパーティーだめー？」

妻帯者で愛妻家であるフランシス大佐は、チャーム駄々洩れで無邪気に尋ねるヴィクトリアを冷静に見つめることができている。そして彼女からアレクシスに視線を移す。

「閣下、今まで以上に、殿下をお守りするのは閣下が適任かと。『殿下に近づく者は俺の屍《しかばね》を越えて行け』ぐらいのお気持ちでお守りください」

フランシスの言葉に、その場にいた第七師団の全員が首を縦に振るのだった。

十話　雪まつり

「外に出たいです」

「……」

「雪が見たい」

ヴィクトリアは、窓に手を当てて外を見つめながら、そんなことを言う。

執務室にはアレクシスの他にルーカスがいる。このやりとりは、ルーカスがこの館に顔を出すたびに繰り返されている。

「ロッテ様はこの街をあちこち歩き回られてるみたいじゃないですか！　ずるい！」

ヴィクトリアは窓に当てていた手をグッと握る。

「魔導開発局顧問のロッテ様は、この街の冬の状態を確認するための外出です」

「わたしも確認したいです！」

もともと、このシュワルツ・レーヴェにきたときから動きっぱなしのヴィクトリアが、こうも長いこと領主館から出ないことは今までなかった。

こんな美女がチャームを流しながら、ああしたいこうしたいと言えば、たいていの男は鼻の下を伸ばして言うことを聞くだろう。

というか、自分ならすぐに首を縦に振るだろうなとルーカスは思う。

「……庭に出ますか？」

アレクシスがため息まじりに呟《つぶや》くと、ヴィクトリアは両手を組み合わせて、瞳をキラキラさせる。

「アメリア殿、殿下のお支度を。庭に出るだけだが、もし風邪でもおひきになったら雪まつりに参加できなくなる」

「ありがとう黒騎士様！　アメリア早く！　アッシュ、おいで。一緒にお庭に行こう」

ヴィクトリアはアメリアを急かす。アッシュはしっぽを振ってヴィクトリアの膝に飛び乗る。先日以来、アッシュはヴィクトリアの傍《そば》を離れず、領主館に入り浸りである。

アメリアはヴィクトリアの車椅子を押して、執務室を出て行った。

そんな様子を見ていたアレクシスは、こういうところは小さな殿下の頃と変わらないと思った。

「アレクシス、お前さ、よく今日まで殿下のおねだりに首を縦に振らなかったな」

「風邪をひかれたら困る。雪まつりはこの新領地に来る前に、企画されていたことだから、殿下は殊の外楽しみにされている」

「そうじゃなくてさ、忍耐力がすごいというかさ、あのチャームに当たって首を縦に振らないって、どんな鋼《はがね》の精神だよ」

「チャームの魔力か……確かにすごい」

「え？　効いてないの？　感知してないの？　どんな修行したらそうなるの？」

「……もともと殿下はチャーム持ちだったんじゃないのか？　成長されたからそれが強くなったと思っているが？」

ルーカスは呟《つぶや》く。

「……そうきたか……」

アレクシスは首を傾げ、ルーカスにコートを投げてよこす。

「違ったか？」

なるほど、かなり自己暗示に近い感じで、あのチャームをそういうものとして扱う気なのか。もしかしたら、それなら自分もできるかもしれない、今の殿下を見るたびにそわそわしてしまうのは大変よろしくないとルーカスは思う。

アレクシスはコートを着込むと、玄関に向かう。

ほどなく、車椅子に乗ったヴィクトリアと、それを押すアメリアが到着する。

「お待たせしました、黒騎士様」

ヴィクトリアは、今まであまり着なかった濃い赤色の外套《がいとう》に身を包み、ゆっくりと車椅子から立ち上がる。

それを支えるようにアレクシスが腕を伸ばすと、ヴィクトリアは嬉《うれ》しそうにその腕に手を掛けた。

ルーカスがドアを開けると、ヴィクトリアは眩《まぶ》しそうに眼を細める。

アッシュが元気よく、二人よりも先に外へ飛び出していく。

「ほんとうに銀世界だわ……」

冷たいはずの外気も、ヴィクトリアは気にならないようだ。

扉の外に、第七師団の団員が二名ほど待機していた。

アレクシスはヴィクトリアを連れてゆっくりとドアの外へ出る。

「すごい……これが……雪……冷たい……でも綺麗《きれい》……」

「殿下、遠くを見るのは足元の階段を下りきってからに……」

「うん、気をつけます」

階段を下りながらヴィクトリアは噴き出す。

「？」

「もうやだ、わたし、おばあちゃんみたい。足がよろよろしているの。やっぱりもっとリハビリしないとダメね」

アレクシスに掴《つか》まりながら、ヴィクトリアは言う。

扉の外に待機していた二名の団員は心の中で、そんな可愛くてきれいなおばあちゃんなんていないと、ツッコミを入れた。

階段を下りきって、ヴィクトリアは深呼吸をする。

「空気が冷たーい」

そう言いながら嬉《うれ》しそうだ。

「殿下、あれを」

アレクシスが庭の一角を指さす。

ヴィクトリアがその方向に視線を向けると、噴水の周りを雪だるまがぐるりと取り囲んでいる。

「わあ！　可愛いー！　誰？　誰が作ったの？」

「グラッツェル伯爵が教鞭《きょうべん》をとっている子供たちです。殿下のお見舞いに来た折に、頼んで作ってもらいました」

「本当!?」

「雪まつりのための雪像も、この街の者たちが今、力を合わせて作っています」

「わたしも、わたしも来年絶対、作る！」

「噴水の近くまで行きますか？」

「いいの？」

「足元にお気を付けください」

噴水の周りの雪だるまに、ヴィクトリアは近づく。

「サラサラしている雪なのに、どうやって固めるのかなって思ってた。やっぱり水を足すんですね」

「はい」

そんなふうにヴィクトリアが雪だるまに触れていると、門のほうから一人、団員が走ってくる。ルーカスが取り次ぎ、報告のためかアレクシスとヴィクトリアの元に来た。

「どうした、ルーカス」

「客だそうだ」

「客？」

「ああ、このドカ雪の中をどうやって来たのかわからないが、コンラート・ハンス氏だ」

工務省建設局の、辺境領シュワルツ・レーヴェ開発責任者のコンラートが来館した知らせだった。

「コンラートさん!?」

ヴィクトリアがロング・レールウェイ・クリエイトを行使した時、彼は学園都市予定地にいると報告を受けていた。双方向の高架橋建設が成功するかどうか、高架橋が繋《つな》がるのを見届けるためにそちらへ行っていたのだ。その後、そこから移動したとの知らせは受けていない。そのまま学園都市建設に携わると思っていた。一体、この積雪の中をどうやってと、アレクシスとヴィクトリアは思う。

「……どうやって」

二人で顔を見合わせる。

「お会いしますか？」

「会いたいです、いいですよね？　黒騎士様」

「雪はもうよろしいのですか？」

「はい、また明日の楽しみにします」

アレクシスが頷《うなず》くと、ルーカスは門の警備をしている部下に、手ぶりでコンラートの入館を許可した。

応接室に通されたコンラートだが、ほどなく、アレクシスがヴィクトリアの車椅子を押して応接室に入ってきた。

「コンラート氏、よく学園都市からウィンター・ローゼまで戻ることができたな」

「はは、殿下がお倒れになったとうかがって、すぐに冬になったから大変でしたが、降雪が激しくなる前に、わたしも魔法を使ってみましたよ」

アレクシスとヴィクトリアは顔を見合わせる。確かにコンラートは建設における土魔法は使用できる。しかしこの豪雪をどうやってそれで退けることができたのだろう。二人は不思議に思った。

「いやいや、しかし、殿下の魔力にはかないませんな、お小さい殿下がいきなりご成長されて」

警備の団員から、それとなくヴィクトリアの成長のことを聞かされていたらしい。第七師団の者がヴィクトリアと対面した時のようには派手に驚かない。

「それはどうでもいいのです。わたしが知りたいのは、コンラートさんがどうやってあの学園都市からこのウィンター・ローゼまで、積雪の中をやってこられたか、なのです」

「お身が大きくなられても、殿下は殿下ですなあ」

好奇心いっぱいのヴィクトリアに、コンラートは苦笑する。

「それは私も知りたいところだ、オルセ村とウィンター・ローゼ間の道は、シロとクロが雪かきをするように往復し、領民やうちの団員がそれを補っているからわかるが……」

「なんと！　さすがですな！　オルセ村とこのウィンター・ローゼがこの積雪でも行き来できているとは、さすが第七師団。私がここに来た当初は、冬季には各村への通行はあきらめておりましたよ」

自分のことより、そっちの方にコンラートは興味を惹《ひ》かれているようだ。

アメリアがワゴンにお茶のセットを載せて入室する。

「えー、じらさないで教えてください、コンラートさん、どうやってここまで来たの？」

「では魔法の種明かしをしますか」

「はい」

「ヴィクトリア殿下とエリザベート殿下が、双方向で大規模魔術を展開して作った鉄道の高架橋の下を通ってきました」

あの鉄橋は両側に柱がある作りなので、柱と柱の間に幕を張ったり廃材を置いたりして、高架橋の下に雪が侵入しないよう、ある程度塞いでおいたという。

ヴィクトリア街道並みの道幅だが、街道みたいに除草が完璧ではないため、まずそこが大変だった。そして雪も完璧に防げるわけではない。

「雪が降る前に、学園建設予定地に魔導開発局の新型の重機が納入されていたからできたことです。あとは馬と人力でなんとか、ですな」

つまり魔法を使っていない。彼らが、自力で通行できるようにしたのだ。

「すごーい！　すごい魔法の種明かしだったわ……ね？　黒騎士様」

「コンラート氏、どうして鉄橋の下に道を作ろうとしたのです？」

アレクシスの問いに彼は答える。

「鉄道は多分最初は、貴族の方や、平民でも富裕層の方をお客様として運営する予定でしょう？」

「エリザベートお姉様と魔導開発局顧問のロッテ様がそこは考えていると……わたしはみんなにも使ってもらいたいんですが……」

「領民がタダで使える道もあってもいいかと思ったのですよ。殿下が作られたヴィクトリア街道は、今は除雪もできないほどに雪に埋もれていますからな」

「予定外のお仕事になってしまったのでは？」

「ははは。そうですなー、上からこってり絞られるかもしれませんが……」

コンラートの言葉をヴィクトリアは遮る。

「そんなことさせませんよ！　ありがとうございます！　コンラートさん！」

「はは。……しかし殿下、そのチャームの魔力を落としてください。なんとか平静を保っておりますが、めまいがしそうです」

コンラートの言葉に、ヴィクトリアはがっくりとうなだれてしまう。

「……制御できないんです……これ……」

「それはそれは……なんというか……いやいやしかし、お倒れになられたと聞いて心配しておりましたよ。すっかり元気におなりで、閣下も安心されたでしょう」

「そうだな……ただ……そのチャームがな……」

「問題ですな……」

「ああ……」

「わたしも本当にどうにかしたいんです、誰か制御する方法知らないかしら……」

ヴィクトリアは深々とため息をついた。

姿が大人になったヴィクトリアだが、その口調や仕草にはどこか幼さが残っていた。多分これは、小さい子供の姿が長かったせいだろうとアレクシスは思う。

ルーカスは「小悪魔っぽいよな」と言うが、結局、最後には「可愛ければ正義！」とも言っているので、アレクシスもそれは否定するつもりはない。

むしろ、子供の姿の時の仕草や表情の変化や言葉遣いが残っている方が、なんとなく安心できるのだ。

彼女はまぎれもなくヴィクトリアだと思えるからだ。

「では、せっかく戻ってきたことだし、雪まつりの雪像作りに参加してきます」

コンラートはお茶を飲み干して、ソファから立ち上がる。

「コンラートさんも作ってくださるの⁉」

「はい」

「ありがとうございます！　ところでコンラートさんは独身ですか？」

「……」

コンラートはヴィクトリアに質問されて、アレクシスに視線を向ける。

「閣下、できるだけヴィクトリア殿下のお傍《そば》にいてください。質問に答える前に、今、わたしはとんでもない妄想をしました」

「？」

「まさか殿下がわたしにアプローチしてくださるのかと……危ない危ない」

「ああ……なるほど。チャームの魔力のせいで、思考がいきなりそこまでいくのか……」

アレクシスは頷《うなず》く。

「……」

ヴィクトリアも一瞬考え込み、はっとする。

「違う、違います！　そうじゃないです！　えっと、お見合いパーティーを、春になったらやろうと思ってます！」

慌ててヴィクトリアは言い募る。

「お見合いパーティー？」

ヴィクトリアは第七師団の団員の話をコンラートに聞かせた。

コンラートは感心して頷く。

「でも、殿下。春はダメですよ」

コンラートの思いがけない否定に、ヴィクトリアは戸惑う。

「え？」

「世紀の一大イベントがあるでしょう。お忘れになっては困りますよ。そのご準備で忙しくなりますよ？」

「春のイベント？　だから学園都市完成……」

「その前にですよ」

「完成前に？」

「学園都市はたしかに春から初夏ぐらいには完成します。学舎や寮はなんとか春に完成させられますが、その他の研究施設の建設などには時間がかかります。でもその前に、お二人の結婚式があるでしょう」

ヴィクトリアは両手で口元を抑える。

「殿下、結婚式、延期なさいますか？」

コンラートの言葉に、ヴィクトリアは立ち上がってアレクシスの首に縋《すが》り付いた。身体が小さい時の彼女のように。

「いやー！　結婚する！　お嫁さんになるの！」

「ふむ……中身はやはりいつものヴィクトリア殿下のままで、なによりです。なんかようやく殿下だと思えました。『黒騎士様の花嫁になる』と口癖もお変わりなくて……」

美女に縋り付かれて困惑しているアレクシスを見て、ニヤニヤするコンラート。

その様子を見ていたアメリアは、そういう弄《いじ》り方もあるのかと内心感心するのだった。

コンラートが戻ってきて五日ほど経過した頃、ヴィクトリアは馬車で領主館から街の広場へと向かった。

もちろんアレクシスもアメリアも同乗していた。領主の馬車だとわかるので、街の人々が馬車に向かって手を振ってくれる。

「ヴィクトリア殿下だ！」

「姫様、お元気になった！」

そんな領民の様子を馬車の窓から見ていたアメリアは、ヴィクトリアに向き直った。

「なに？　アメリア」

「いえ、やはり姫様はそうして、外に出て民と触れ合っているのが本来のお姿だと感じ入るばかりです……」

「え、なあに、改まって」

「そうですよね、閣下」

「……そうだな……」

「何よ、二人して」

ヴィクトリアが『ロング・レールウェイ・クリエイト』を発動して倒れてからというもの、街全体が活気を失ってしまった。誰もがヴィクトリアを案じていたのだ。

それが、今では馬車が街を通るたびに、歩道の人々が歓声を上げている。

人々が馬車の前に飛び出さないように、第七師団の団員が、警備しているのも見える。

馬車が止まり、アレクシスにエスコートされながら、ヴィクトリアは広場の中央に向かった。

秋の収穫祭と同様、屋台が立ち並び、人々がヴィクトリアに声をかける。

「黒騎士様……」

「はい？」

「なんか嬉《うれ》しくて泣きそうです」

「まだ雪まつりが始まる前ですよ」

「はい。でも、わたし、こんなにみんなに声をかけてもらえて、街のみんなは姿が変わっても、ちゃんとヴィクトリアだって……」

「お姿が変わられたことは、ロッテ様をはじめ、私の部下やコンラート氏がちゃんと街の人に伝えておいてくれたのです」

「そうだったんですね……ありがとうございます、黒騎士様……」

大好きな黒騎士様と一緒に、領民のみんなに会えることが嬉しかった。

たとえ姿が変わっても、ヴィクトリアだと認めてくれている。アレクシスがそのように人々に知らせてくれていた。

そういう優しさが、ヴィクトリアは涙が出るほど嬉しいのだ。

アレクシスの腕につかまりながら、広場の中央にヴィクトリアは立つ。

歓声や話し声がだんだん小さく静かになる。

「みんな、心配かけました。わたしは姿が変わったけれど、元気になりました」

「姫様ー綺麗《きれい》になったー」

子供たちの声が届く。

ヴィクトリアは子供たちに手を振る。

そして、広場に集まってくれた領民に宣言する。

「本当にありがとうございます。このシュワルツ・レーヴェ領ウィンター・ローゼは、観光地として繁栄させていきたいと思ってます。この辺境の冬を、帝国のみんなに知ってもらいたい。この厳しい自然の中でも、みんなの心は温かく、逞《たくま》しく生きているって、わたしも黒騎士様も誇りに思ってます。それを知ってもらうための冬のお祭りです！　ウィンター・ローゼ雪まつり開催します！」

拍手と歓声が、そして空砲が鳴る。

雪まつりは三日間開かれる。秋の収穫祭は日が沈む頃に終いにしていたが、雪まつりは、初日は屋台なども日が沈んでもしばらく開いている。

食べ物の屋台に並ぶ者もいれば、雪像を見物する者もいる。子供たちは、第七師団が作った大きな雪の滑り台で賑《にぎ》やかに遊んでいる。

「殿下も参加したかったですか？　滑り台」

「子供のままの身体だったら、子供たちと一緒に滑ってました」

子供たちと一緒に滑る姿が目に見えるようだ。

「もう何年も時間が止まったような子供の姿……魔力の制御で自身の成長を止めているのに気が付かなかったのです……不安でした……わたしはもしかして、このままずっと子供の姿なのかと……」

「殿下……」

「でもいざ成長すると、もう少し子供でもよかったかなって思います。子供のままだったら……」

この間のように黒騎士様に抱きついても、困った顔をされなかったのではと、ヴィクトリアは思う。きっとヴィクトリアを抱き上げて膝の上に乗せてくれただろう。

自分の姿が、ずっと夢にまで見た年相応の身体になったら、普通に抱きついただけで、ただ困惑している彼がいる。子供のままのほうが……距離が近かった。

「子供のままだったら、きっと滑り台を楽しめましたよね」

本当の想いとは違う言葉を口にして滑り台を見つめ、アレクシスの腕につかまった。

日が沈む前に、街の人が、雪像の横に設置している氷の中のろうそくに明かりをともしていく。

小さいバケツを利用して作ったアイスキャンドルだ。

「すごーい！　素敵！」

ヴィクトリアが声を上げる。

雪と氷に囲まれた、たくさんのろうそくの光。

この辺境を支える馬や牛、豚の雪像が並ぶ。クリスタル・パレスや建設中の学園都市の学舎の雪像などもある。さらに子供たちが作った皇城も。

きっとシャルロッテとゲイツ、途中で加わったコンラートがデザインし、街のみんなと作ったのだろう。

シロとクロの雪像の前で、アッシュがしっぽを振っている。

「黒騎士様、これ、絶対一見の価値ありですよね！　他の領地の方も噂《うわさ》を聞いて見に来てくれますよね？」

「はい」

「今年は、まだダメだけど、来年こそ！　来年には鉄道も走るし、観光に来てくれる人も多くなるはずです！」

「この殿下の雪像は絶対毎年作ってもらいましょう」

「ええー!?」

「小さな第六皇女殿下が、この地でこの催しを行った証《あかし》として」

アレクシスの言葉に、ヴィクトリアは少し照れる。

やっぱり小さいままでいた方がよかったのかなと、ヴィクトリアはまた思う。

そのとき、背後でシュルーッと音がした。

「え？」

音の方に視線を向けると、パーンと花火が上がったのが見えた。

空には花火、目の前には雪像とアイスキャンドル。

「花火！」

「ロッテ殿下が今日は特別な日だと」

アレクシスが言う。

「特別？」

ヴィクトリアが尋ね返すと、「姫様～」と声を上げて、少女たちがヴィクトリアを取り囲む。

「トマスさんがクリスタル・パレスで作ったお花ですー！」

「わたしたち、冬なのにお花がある街なんてすごく嬉《うれ》しい！」

少女たちが色とりどりの花束をヴィクトリアに渡す。

「おめでとうございます！」

少女たちは口々にヴィクトリアにおめでとうと言う。

ヴィクトリアは、自分が元気になったから、「おめでとう」と言ってくれているのかなと思った。

「みんなが言う通り、やっぱり姫様は気付いてなーい！」

キャーと少女たちははしゃぐ。

「領主様、わたしたちからじゃなくて、やっぱり領主様から言わないとダメですよー」

「姫様にとって特別な方なんですからー」

「わたしたち、屋台でパンケーキ焼いてます！　あとで食べに来てくださーい」

少女たちはキャッキャとはしゃぎながら、屋台の方へ戻って行く。ヴィクトリアは少女たちを見送りながら、花束からアレクシスに視線を移して小首を傾げる。

「なんでしょうか……いまの……黒騎士様」

キョトンとするヴィクトリアを、アレクシスは見つめる。

「殿下」

「はい？」

「お手を貸していただけますか？」

そう言われて、ヴィクトリアは小首を傾げたまま両手を差し出す。

「こちらでいいです。ちょっと失礼します」

アレクシスはヴィクトリアの左手を取り、じっと彼女を見つめるが、ヴィクトリアは考え込んでいる。

「殿下、ちょっと目を閉じてもらってもよろしいですか？　その……目力がすごいので」

「あ、はい」

言われた通りに、ヴィクトリアはギュっと目を閉じる。

アレクシスはヴィクトリアの左手の手袋を取り、その左の指に輪を通して、また手袋を着けた。

目を閉じていても、指の感触はわかる。手袋を着けてもらった瞬間、ヴィクトリアは右手で手袋越しにそれに触れる。

「く、く、黒騎士様……こ、これ」

花束を腕に抱えたまま、右手で左の手を包んでアレクシスを見上げる。

「殿下」

「は、はい！」

胸を高鳴らせながらアレクシスの言葉を待つが、彼の言葉は意外なものだった。

「お誕生日おめでとうございます」

その言葉を聞き、ヴィクトリアはキョトンとしてしまった。

「殿下がお倒れになってる最中に、お誕生日、過ぎてしまいましたね」

アレクシスにそう言われて、ヴィクトリアははっとする。

「そうだった……わたし……十七歳になったんだ……だからさっきの女の子たち……」

口々におめでとうと言ってきたのだと、ヴィクトリアはようやくわかった。

「ちょっと遅くなりましたが、お祝いです」

「え、でも、でも、これ、これ」

ヴィクトリアはあわあわしながら、左手を右手で押さえたまま黒騎士を見つめる。

「その、これ！」

左の薬指にはめられた金属の感触。

「石は、アッシュが首に巻き付けていた鉱石だそうです。シャルロッテ殿下が工業地区に出向いて、鉱石を研磨させたようで」

その様子を見た職人たちが、シャルロッテを取り囲んで、ヴィクトリア殿下にお渡しするなら、これがいいとかあれがいいとか、デザイン画やら、加工技術に手を貸すとか、台座もいいものをとか、大いに盛り上がって完成した指輪だそうだ。

「姉上やみんなが……」

「オルセ村から小さな守り神が持ってきたので、何かご加護もあるでしょう」

「黒騎士様……」

「それを渡すのが、俺なんかで、殿下には……申し訳ない……」

恐ろしくて厳《いか》つくて、あの方とだけは結婚したくないと方々から言われてきた男。

恋人になるなら妻になるなら、アレクシスは誰よりもその女性を大切に守るはずなのに、彼の人生の中で、そんな存在はなかった。

目の前の彼女が現れるまでは。

陛下の勅命《ちょくめい》でもなければ、近づくことさえも憚《はばか》られるような皇女殿下に、俺のような男がそれを渡してもいいものかと、ずっと悩んでいた。

「そ、そんなことない！　黒騎士様！　俺なんかって言わないで！　貴方《あなた》はわたしがお慕いする、大事な黒騎士様なのに！」

アレクシスのためらいを、彼女はいつだって飛び越えてきた。

ヴィクトリアはアレクシスの首に縋《すが》り付いた。

「嬉《うれ》しい！　すっごく、嬉しい！　ありがとう！」

自分は誰からも求められないだろうと思っていたのに、いつだって、彼女は「わたしの黒騎士様」と言って、それを否定してくれた。

アレクシスはヴィクトリアを抱き上げる。

小さな体の時と同じように片腕で。

ずっとしてくれていたように抱き上げられて、ヴィクトリアは泣きそうになる。

「黒騎士様……大好きです！」

アレクシスが自分自身にずっとかけていた自己否定の呪いを消すように、抱き上げられたヴィクトリアは彼の額にキスを落とした。

〈『第六皇女殿下は黒騎士様の花嫁様5』へつづく〉

この作品に対するご感想、ご意見をお寄せください。

●あて先●

〒101-0052 東京都千代田区神田小川町3−3
主婦の友インフォス　ヒーロー文庫編集部

「翠川 稜先生」係
「赤井てら先生」係

ヒーロー文庫

ヒーロー文庫

第《だい》六《ろく》皇《こう》女《じょ》殿《でん》下《か》は
黒《くろ》騎《き》士《し》様《さま》の花《はな》嫁《よめ》様《さま》 4

みどりかわ りょう
翠川 稜

2020年9月10日 第1刷発行

発行者 前田起也

発行所 株式会社 主婦の友インフォス
〒101-0052 東京都千代田区神田小川町 3-3
電話／ 03-6273-7850（編集）

発売元 株式会社 主婦の友社
〒141-0021
東京都品川区上大崎 3-1-1 目黒セントラルスクエア
電話／ 03-5280-7551（販売）

印刷所 大日本印刷株式会社

ISBN 978-4-07-445653-6